国际安徒生奖提名奖得主新作

国际获奖大作家系列

讲故事的电话亭

[土耳其] 米娅兹·塞特巴鲁特 / 著

[土耳其] 祖拉尔·奥兹图尔克 / 绘

李悦琪 / 译

人民文学出版社　天天出版社

著作权合同登记：图字 01-2023-2810

图书在版编目（CIP）数据

讲故事的电话亭 / (土) 米娅兹·塞特巴鲁特著；

(土) 祖拉尔·奥兹图尔克绘；李悦琪译. -- 北京：天天出版社，2024.6

（国际获奖大作家系列）

ISBN 978-7-5016-2286-3

Ⅰ.①讲… Ⅱ.①米… ②祖… ③李… Ⅲ.①儿童小

说－长篇小说－土耳其－现代 Ⅳ.①I374.84

中国国家版本馆CIP数据核字(2024)第083439号

责任编辑：范景艳　　　　　　　　**美术编辑：**曲　蒙
责任印制：康远超　张　璞

出版发行：天天出版社有限责任公司
地址：北京市东城区东中街42号　　　　**邮编：**100027
市场部：010-64169902　　　　　**传真：**010-64169902
网址：http://www.tiantianpublishing.com
邮箱：tiantiancbs@163.com

印刷：三河市春园印刷有限公司　　　　**经销：**全国新华书店等
开本：880×1230　1/32　　　　　　　　　　**印张：**4.5
版次：2024年6月北京第1版　　**印次：**2024年6月第1次印刷
字数：74千字

书号：978-7-5016-2286-3　　　　　　**定价：**28.00元

目　录

袁焕的故事电话亭

今天是星期五，学校里的放学铃声响起来时，同学们就像听到火灾警报一样冲出了教室。祖姆特左右闪躲着，以免被急速狂奔的人撞倒。不知不觉间，她来到了马路上。她本来要和卡纳尔、伊尔哈米一起去图书馆的，可是人群将她挤到了另一边。她不想再原路返回了，于是直接穿过由一辆辆白色校车交织而成的迷宫，坐在了马路对面的花坛边上，打算在这里等着两个好朋友从图书馆出来。

在度过了一个悠长的暑假之后，同学们迎来了开学的第一周。要适应这第一周的学习节奏并非易事，而且他们还换了新的语文课老师，这位新老师所说的话给美好的星期五蒙上了一层阴霾。课间休息的时候，一些同学甚至开始讨论起"我们要不要一起转学？"这样的问题，可见这位新老师——贝琳小姐给他们施加了多大的压力。

卡纳尔和伊尔哈米去图书馆就是为了完成贝琳小姐布置的任务。祖姆特不由得回想起刚才在教室里发生的事情。

"每周读一本新书,没问题吧?"这位新老师说。尽管听起来这是一个问句,但她显然没有等待同学们做出回答。起初,一些同学以为这只是一句玩笑话,还哈哈大笑起来,可是,他们抬起头看了看贝琳小姐才发现,她根本不是在开玩笑。

"你们已经是六年级的学生了,应该可以一周读完一本书了。"

接下来,大家开始大发牢骚。

"可是,去年的时候,老师也没有要求我们这样做啊……"

"老师,我们不是只有语文课的作业要做,其他课还有作业呢!"

"我们哪儿有钱一周买一本书呢?"

"我们哪儿有那么多时间呢?"

这时,几名比较听话的同学开始提出一些实际的问题,打断了班上滔滔不绝的抱怨声。

"要读多少页的书呢,老师?"

"我们要写读书笔记吗?"

"要读国内作家的书还是国外作家的书呢?"

贝琳小姐没有理会那些抱怨的声音,只回答了这些同学提出的问题。

"没有页数限制，书的厚度与内容的重要程度无关。写不写读书笔记都行，但是你们需要在课堂上向大家介绍一下书的内容。读国内或者国外作家的作品都可以。"

贝琳小姐的话音刚落，伊尔哈米那尖细的声音便从教室后排传来："这个作业要计分吗？"

这位新老师点了点头："要，这就是你们的平时表现分，这个分数会影响你们最后的课程成绩。另外，你们不需要把要读的书全部买回来，可以从学校图书馆、公共图书馆或朋友那里借。那些说没有时间的同学，你们可以少上一会儿网或者少看一会儿电视，只要你们想，就能让时间变多。"

接下来，"抗议者们"开始和贝琳小姐讨价还价。最后，贝琳小姐同意一周只需要读一个故事就行，不用读完一整本书了。尽管有几名同学没有想明白这二者之间有什么区别，但大多数同学还是松了一口气，因为一本书里可能会有八九个不同的故事，如果一周只需要读一个故事，那也就是说，一本书甚至可以读上两个月的时间，而那些想要读长篇小说的同学每周只需要读完一章就可以了。

这些对话在祖姆特的脑海中再度上演，就是它们让原本惬意的星期五变得暗淡无光。她坐在花坛边上摆动双腿，看着校车一辆辆地驶离，人群渐渐散去。不一会儿，伊尔哈米和卡纳尔穿过校园，朝祖姆特的方向走来。

卡纳尔像是有什么事情急着告诉祖姆特，他一边哈哈大笑，一边快步向她走了过来。

"你猜猜，伊尔哈米借了本什么书？"

祖姆特耸了耸肩膀。图书馆里有那么多本书，谁知道他会借哪一本呢？反正，卡纳尔也不是真的在等她给出答案。

"他借的是《卖火柴的小女孩》。"

祖姆特听完，也和卡纳尔一样，露出了略带讥讽的微笑："伊尔哈米，你疯了吗？那是给一年级小孩看的书！"

伊尔哈米的脸色有些难看，他试着为自己辩解道："什么书都是书，老师也说了，书的页数并不重要。"

"那她也没有让我们去读一年级小孩读的书啊！你应该去换一本，这本肯定不行，班上的同学也会笑话你的。"

卡纳尔指了指正往外走的图书管理员说："他现在换不了了，图书管理员已经下班了。"这下伊尔哈米觉得更丢脸了。他一点都不喜欢读书，在他看来，读书是一件无聊得要命的事情。如果有人问他："你最讨厌的事情是什么？"他肯定会回答："读书。"

他借《卖火柴的小女孩》，只是因为这是一本非常薄的书，而且他喜欢封面上那个大雪纷飞的画面。借书的时候，图书管理员问他："你是帮你妹妹借的吗？"他默默地点了点头。站在旁边的卡纳尔差点直接笑出来，他知道伊尔哈米一个兄弟姐妹也没有。伊尔哈米不想让卡纳尔把这件事告诉祖姆特，不料他的这个好朋友是一个不折不扣的大嘴巴。

"你再猜猜，他和图书管理员说了什么？他告诉图书管理员，自己是帮妹妹借的书。"

伊尔哈米看了卡纳尔一眼："我可没这么说，是那个人自己这么认为的。"

"我看到你点头了，这也没有什么区别。"

"我根本就没有点头，是你以为我点头了而已。"

祖姆特听着他们俩在那里争论，从花坛边跳到人行道上，说道："走吧，咱们边走边说。"

这三个好朋友住在同一幢公寓楼里，每天上学和放学都会结伴而行。他们一边走，一边笑，一边打打闹闹，这段十五分钟的路程常常让人感觉只有五分钟就结束了似的，就像那位新老师说的一样，时间可能真的会变多或者变少。

快走到公寓楼的时候，卡纳尔转头朝公园的方向看了看，像猎犬一样用力嗅了嗅空气中的味道："今天这里没有狗熊粪便的味道了！"

他总是能把祖姆特逗笑。"他们肯定已经打扫过了。"祖姆特说，"大家都向市政府反映这个问题了，我爸爸也给他们打电话了。"

这些天，一个马戏团驻扎在公园中央的小山后面。马戏团成员乘着五辆大卡车从遥远的罗马尼亚赶来，他们到达的当晚就在公园里搭起了一顶巨大的帐篷，第二天便开始到处散发传单。从帐篷里传出的吵闹音乐声和从卡车里传出的巨大噪声引起了附近居民的不满，老人们对此更是怨声载道。这个星期五，公园里并没有传出马戏表演的音乐声，但是此刻，三个好朋友谁都没有注意到。他们三个已经买好了星期六的马戏门票。

看过这场马戏表演的同学都赞不绝口。大象把舞蹈演员举到空中，猴子左摇右摆，小马跟着音乐跳舞，小狗跳火圈，狗熊头顶易拉罐笨拙地行走……甚至还有一名魔术师会为观众们带来精彩的魔术表演。

就在伊尔哈米、祖姆特和卡纳尔畅想着明天将要看到的精彩表演时，卡纳尔突然意识到了什么，惊讶得目瞪口呆："旗子没有了！音乐声也没有了！"

伊尔哈米踮起脚来，好像这样就能够看到小山后面有什么一样。祖姆特拍了拍他的肩膀说："我们站在这里是看不到的。"他这才把脚后跟放了下来。

"我们爬到小山顶上去看看吧，也许能够看到那些猴子。"伊尔哈米提议。

祖姆特不是很乐意："现在我们是进不去帐篷的，既然我们已经买好了明天的票，明天来看就好了，为什么还要费那么大劲爬上小山呢？"

可是，卡纳尔也坚持要爬上去看一看，他们看完之后跑步回家，只会比平时晚十分钟到家。祖姆特虽然并不情愿，但也只能跟着朋友们一起行动。他们走进公园，爬上青翠的小山。在爬到山顶之前，卡纳尔停下来张望了一下，从这个位置应该已经可以看到马戏团帐篷的圆顶了，但是，现在这里没有旗子，没有圆顶，也没有音乐声，难道……？登顶之后，这个问题便得到了解答。马戏团的帐篷已经不见了踪影。

"什么？"卡纳尔喊了起来，"他们已经走了，那我们的门票不是白买了吗？"

"也许他们只是换了个地方。"伊尔哈米环顾了一下四周，但是，公园里除了青枝绿叶和蜿蜒小道之外什么也没有，他真的不想看到自己的门票就此作废，依然心存希望，他可是好不容易才说服爸爸妈妈给自己买了这张门票，"他们可能是搬到其他街区去了。"

"不可能！把那顶巨大的帐篷拆掉，再在别的地方搭起来肯定要费好大的功夫，那可不是一顶普通的野营帐篷。"祖姆特说。

这时，他们看到公园管理员正往这边走来，也许他可以告诉他们答案。卡纳尔大声喊道："先生，那个马戏团是搬到其他地方去了吗？"

公园管理员看了看他们三个，又看了看马戏团留在小山旁的垃圾，然后开口说道："你们没听说吗？市政府把马戏团取缔了，新颁布的法规禁止动物表演，这还引起了许多人的不满。他们今天早上拆除了帐篷，将所有东西打包，已经在一个小时前离开了，只留下了这堆垃圾。真是一帮讨厌的家伙，居然都不给收拾干净就直接走人了！"

伊尔哈米向那顶巨大的帐篷之前所在的地方张望着，看了看留在那里的那些垃圾：管子、飘来飘去的破布头、稻草……还有一件红色的东西倒在地上，看起来像是一个储物柜，伊尔哈米想要走过去看一眼。

"我们去看看那是什么东西吧，也许是魔术师落在那里的！"

卡纳尔说："你是要去翻他们留下的垃圾吗？难道我们买票就是为了去捡垃圾吗?！"

祖姆特指着那个红色的盒子说："那看起来像一个电话亭。"

她猜得没错，只不过那个电话亭不是立在那儿的，而是倒在地上。祖姆特和伊尔哈米离开山顶，朝那件红色的东西走去，卡纳尔无可奈何，只能跟上了他们的脚步。

他们来到了原来搭建帐篷的地方，这里根本没有什么值钱的东西：塑料水瓶、弯曲变形的管子、动物粪便、亮片外套的袖子……唯一有用的就是那个倒在地上的电话亭了。

祖姆特用手擦了擦覆盖在电话亭窗户上的灰尘："这里面还有一部电话呢！"

卡纳尔说："那肯定是坏的，否则他们不会把它留在这里。"

伊尔哈米想要把这个倒在地上的电话亭扶起来，但他一个人的力气不够大。卡纳尔从另一边搭了把手，祖姆特也出了一份力，他们三个齐心协力将这个红色的电话亭扶了起来。

"你们说，这是不是他们的表演道具呢？他们为什么不把它带走呢？"祖姆特道出了心中的疑问。

卡纳尔指着这个铁皮电话亭的侧面说道："你看！这里已经变形了，窗户上的玻璃也都碎了。"

看来，这是一个非常破旧的英式电话亭，笼子一般的亭身已经有些变形了，不过祖姆特发现，上面的门还是可以打开的。她看了两个好朋友一眼，然后走了进去。

"我在英语书里见到过一个这样的电话亭。"

祖姆特站在电话亭里面，拿起电话听筒，把它贴在自己的耳边。她随便拨了几个号码，装模作样地说道："你好……你好——！"

卡纳尔看着祖姆特的样子，笑着说道："不投币是打不了电话的！"

祖姆特朝着站在伊尔哈米身后的卡纳尔眨了眨眼睛："我听到声音了！"

卡纳尔站在那里努力憋着笑，伊尔哈米则朝祖姆特走了过去。

他把头从破损的窗户探进去问道："你听到什么声音了？"

卡纳尔模仿了一下马的嘶鸣声。"马叫声！"说完，他便哈哈大笑起来。

祖姆特走出电话亭，怂恿伊尔哈米自己进去听一听："你自己去听听看吧！"

伊尔哈米觉得祖姆特是在和自己开玩笑，但他还是照做了。他走进电话亭，把电话听筒放到了耳边。他听到了一阵沙沙声，就像远处的海浪拍打着礁石的声音，也可能是百米之外的杨树枝叶相互摩擦时发出的声音。

伊尔哈米心想，就算是把一个茶杯贴到耳边，可能也会听到类似的声音。他暗暗嘲笑了一下自己，可就在他打算把听筒放回去的时候，一个声音隐隐约约地响了起来：

"嘿……"

伊尔哈米好像抛出烫手山芋一般，立马把电话听筒放了回去，接着低下头看着地面，不想让站在外面的两个好朋友注意到自己的慌乱。庆幸的是，他发现自己的鞋带正好开了。他弯下腰去系鞋带，想要争取一些时间，让自己的情绪平复下来。当他起身的时候，他已经说服自己相信刚才听到的那个声音只是出于自己的幻觉。

此时，卡纳尔和祖姆特已经离开电话亭七八步远了，他们正往小山上爬着，朝回家的方向走去。

伊尔哈米冲着他们的背影喊道："你们去哪儿？"

卡纳尔和祖姆特停下脚步，回过头来看了看站在电话亭旁边的伊尔哈米。

"当然是回家啦！快点跟上来！"祖姆特回答。

伊尔哈米有些犹豫，他还想再去听听有没有声音从电话听筒里传出来。他知道，自己不能当着两个好朋友的面做这件事，他们肯定会取笑自己的。卡纳尔经常在祖姆特面前讲伊尔哈米的糗事。

"你们先走，我一会儿去追你们。"

"你还待在那儿做什么？快点过来！"祖姆特喊道。

即使隔着这么远的距离，伊尔哈米还是能够看清从祖姆特那双绿色的眼睛里发出的光，但是他已经下定了决心，他不能和他们一起离开。

"你们先走，我一会儿就来。"

祖姆特和卡纳尔不再坚持，转身继续向山顶爬去。伊尔哈米在原先搭建帐篷的地方徘徊了一会儿，电话里传出的那个声音在他的脑海中挥之不去。他漫无目的地看了看地上的那些垃圾，然后向小山的方向望去。他看到祖姆特和卡纳尔已经翻到了小山的

另一边，于是小心翼翼地打开门，走进电话亭，把电话听筒贴在了耳边。树叶的沙沙声、引擎的轰隆声、嘈杂的嗡嗡声……紧接着，所有的声音都停了下来，清晰的说话声响了起来：

"嘿……我有一个故事要讲给你听。"

伊尔哈米的心脏怦怦直跳，他挂断电话，冲出了电话亭。怎么会发生这样的事情呢？这部电话根本就没有接电话线！他们发现这个电话亭的时候，它还是倒在地上的。当时，伊尔哈米看到了电话亭的底面，那只是一块铁板而已，毕竟，谁会给马戏团的电话亭接电话线呢？用不了几周，马戏团就会从这里离开了。这个电话亭应该只是一个表演道具才对，可是他听到的那个声音又是从哪里传来的呢？

突然，伊尔哈米笑了起来，为自己刚才的疑虑和胆怯感到惭愧。只有一种解释能够说得通，那就是从电话里传出的那个声音是提前录好的。他刚才怎么就没有想到呢？这可能是马戏团用来吸引孩子们的小把戏。你往里面投一个币，也许就可以听到一段故事。这台机器肯定是坏掉了，所以他们才把它留在了这里。伊尔哈米碰巧听到了里面的声音，现在，他不用投币就可以听故事了。想到这里，伊尔哈米舒了一口气，他再次走进电话亭，拿起了电话听筒。

"嘿，我要给你讲一个故事。"

还是刚才那个声音，说的话也是一样的，等等，那句话是完全一样的吗？第一次说的不是"我有一个故事要讲给你听"吗？伊尔哈米陷入了沉思。他又一次挂断了电话，但是这一次，他没有离开电话亭。可能他的记忆出现了偏差，也可能这段录音就是以两句类似的话开头的——肯定就是这样，不然还能是怎么回事呢？伊尔哈米前前后后地仔细检查了一遍这部电话。如果他能从家里带来一把螺丝刀，把上面的螺丝都拧下来，那就能找到里面的磁带了，他在心里想着。不过，他是不会这么做的。如果真的有人把故事录在了磁带上，那他倒是很想在这里听听。要是他把磁带取出来带回了家，那怎么才能听到里面的故事呢？

就在这时，伊尔哈米灵光一闪。一个故事！这里就有一个现成的故事，他可以听一听，然后把它当作自己在书里读到的故事，拿到课堂上讲给老师和同学们听，这样一来，就不会有人因为他读的故事是《卖火柴的小女孩》而嘲笑他了，这段录音可以帮上他的大忙。伊尔哈米再次拿起了电话听筒，这一回，他听到了一句全新的话。

"我要给你讲的这个故事的名字叫作《被画掉的孩子》。"

被画掉的孩子

十一点钟，一场签售会即将在镇上唯一的一家书店里举行，这还是这座小镇第一次举办这样的活动。如果不是书店老板哈利尔和作家在服兵役的时候结识，那这座小镇从来没有举办过签售活动的历史将继续延续下去。

一周前，书店老板心血来潮，给自己在服兵役的时候结交的作家朋友打了个电话，邀请他到镇上小聚。他的这个作家朋友提议："那不如组织一场签售会吧，这样我就能利用这个走亲访友的机会签售自己的作品了，可以一举两得。"书店老板的这个朋友是一位童书作家，他今年五十岁，已经出版了五十部作品。

一大早，书店老板哈利尔就复印好了签售会海报，打算在好友抵达之前找几个地方把它们张贴起来。其实，现在才张贴海报已经有些晚了，但哈利尔没有举办签售会的经验，完全不知道自己需要做哪些准备工作，应该按照什么顺序做这些准备工作。好在这座小镇并不大，只要让清真寺帮忙发布活动预告，那镇上的家家户户就都能获知作家将要来书店签售的消息了。

哈利尔将第一张海报贴在了书店的窗户上，然后向镇上的小学和中学跑去，在这两所挨在一起的学校门口各贴了两张海报。"他是我在服兵役的时候交到的朋友！"他对投来好奇目光的老师们说道，语气中充满了自豪。

在学校张贴完海报之后，哈利尔又赶往闹市区，打算在那里也贴几张海报。其实，他根本没有必要去闹市区张贴海报，因为他的这个好朋友只创作给孩子们看的书。此刻，哈利尔并不知道自己的身后正在发生什么事情：在他离开之后，两所学校的校长都让人把海报揭了下来。他们不想惹上麻烦，为了一位自己完全没有听说过的作家而被上级教育部门警告。每一座小镇的居民都会有一些奇奇怪怪的担忧，这座小镇上的人们也不例外。

哈利尔来到闹市区，在理发店的窗户上贴了一张海报。他总是来这家理发店剪头发，当然他也没有其他选择，因为这是镇上唯一的一家理发店。接着，他穿过马路，在皮塔饼餐厅的门口停下了脚步，他觉得自己应该在这里也贴上一张海报，这样人们来这里吃午餐或者路过这里的时候就可以看到了。他推开餐厅的门走了进去，发现里面一位顾客也没有，只有一个十岁的小男孩在那里擦桌子。

"你们老板在哪儿呢？"

小男孩巴兰往餐厅的后方指了指。

哈利尔大声喊道："拉伊夫，我想在你餐厅的窗户上贴一张宣传海报。"

"没问题，贴吧！"一个声音从后厨传来。

如果哈利尔能够见到拉伊夫，那他肯定会自豪满满地向他介绍自己在服兵役的时候结识的作家朋友，但是他没能这么做，因为这位皮塔饼餐厅的老板根本没有踏出后厨半步，甚至没有过问他要贴的是什么活动的宣传海报。哈利尔从包里拿出一张复印好的海报，又从口袋里掏出一卷宽胶带，把它递给了一直站在旁边上下打量着自己的小男孩。

"撕下一截来给我。"

哈利尔打算把海报面朝外贴在窗户内侧。他很难在窗户上找到合适的位置，因为上面已经写满了餐厅的菜单。终于，他找到了一处空白，在巴兰的帮助下，将手中的海报贴在了"肉末皮塔饼""奶酪""鸡蛋""肉""汤"几个词的中间。

哈利尔前脚离开餐厅，巴兰后脚便走了出来，想要看看海报上写的是什么。他看到海报上印着一位大胡子男士的照片，照片下面写着"签售会，作家埃达尔·苏美尔，伙伴书店"，最下面还写着活动日期和具体时间。

巴兰不知道什么是"签售会"，因为这座小镇从来没有举办过这样的活动，他也没有听说过这位作家。他又看了看海报上的那张照片。尽管那位男士看起来年纪已经不小了，但他的眼睛里依然闪烁着孩童般的纯真光芒。

就在巴兰凝视着海报的时候，餐厅老板走出来，站在了他的身边。

"这就是他贴的那张海报吗？上面写的是什么？"餐厅老板一个个地认着海报上的字，过了一会儿，他不屑地说道，"算了，管它是什么呢，该回去干活了！你擦完桌子了吗？擦完了就去擦窗户吧！"

巴兰刚刚拿起之前放在桌子上的那块抹布，老板就大声嚷道："你是打算用那块脏兮兮的抹布接着擦窗户吗？什么事情都得我教你吗？你就不会自己动一动脑子吗？"于是，巴兰走到后厨，打开水龙头，把抹布淋湿，然后打了些肥皂，揉搓出泡沫。

观察五彩斑斓的肥皂泡是一件很有意思的事情，但是他不能在这种事情上浪费时间。他拧了拧抹布，又回到了外面。巴兰已经习惯了这里的工作和老板对他的态度。他是一名六年级的学生，只有下午有课，所以可以利用上午的时间来餐厅打工，做老板交代给他的工作，比如打扫卫生和帮老板跑腿。在餐厅吃完午饭后，他就会去上学。尽管在这里打工赚不了多少钱，但他的妈妈还是会时常提醒他："要尊重你的老板！"

巴兰开始擦起了窗户，抹布在玻璃上摩擦，发出吱吱的响声。不知道为什么，他总是会情不自禁地看向海报上那位作家的眼睛，他感觉那位作家一直在看自己。他试着移开目光，往下方看去，但他抬起头来，再次看向那张照片时，发现那位作家还在看自己。

这时，餐厅老板搬着一把椅子走到窗边，发现窗户外面的巴兰左摇右晃，行为古怪。

"你在干什么？"

"没什么。"

"站到椅子上，把顶上的窗户也擦一下。"

巴兰脱下鞋子，站上椅子。顶上的窗户上写着"餐厅老板拉伊夫，专业制作皮塔饼"几个蓝色的大字。巴兰在玻璃上左擦擦右擦擦，任由抹布从那几个字上面划过，终于将这块饱受街边尘土和汽车尾气浸染的窗户擦得干净了一些。

拉伊夫瞥了一眼窗户，还是觉得不满意："去把抹布洗一下，再擦一遍，还不够干净。"

就在这时，拉伊夫的儿子麦赫迈特走了过来。麦赫迈特的课都在上午，所以他现在应该在学校上课才对。

"怎么回事？"他的爸爸问道，"你是逃课了吗？"

"老师请假了，校长就让大家都回家了。"麦赫迈特解释道。

"他们天天请假。"他的爸爸抱怨道。

麦赫迈特注意到了窗户上贴着的那张海报："这是什么？"

"一位作家要来镇上签售图书。"他的爸爸回答。

麦赫迈特打开书包，掏出一本书说道："我有一本他写的书。"

巴兰看了看那本书，书名《湖中怪兽》的下面确实印着埃达尔·苏美尔的名字。

"好吧，那你去找他签个名吧！"拉伊夫说。

麦赫迈特耸了耸肩膀说道："我得赶紧回家，我还有作业要做。"他一边说，一边对巴兰眨了眨眼睛。巴兰很清楚，他肯定是要回家去玩电脑游戏。

拉伊夫从儿子手里拿过了那本书："那你赶紧回家去吧，巴兰可以帮你去要签名！"

麦赫迈特慢悠悠地往家的方向走去。与此同时，巴兰出发前往书店。一路上，他努力想要规划好自己在见到那位作家的时候要跟他说些什么，但他现在只顾得上激动了，算了，他觉得书店老板肯定会告诉自己该怎么做的。

来到伙伴书店后，巴兰惊讶地发现门口一个人也没有。他本以为这里肯定会人满为患的。也许大家都在书店里面。他小心翼翼地推开了门，发现书店里面也没有什么人，只有一位大胡子男士孤零零地坐在最里面的一张桌子后面。巴兰认出来了，他就是那位作家，他看起来比照片上的样子要老一些。作家也注意到了巴兰，他看向门口，脸上绽开了笑容。

"啊，那是《湖中怪兽》吗？拿过来吧，这是我今天签的第一本书。"

巴兰走上前去，把书递给了作家。

"你叫什么名字？"

“巴兰。”巴兰小声回答。

作家在书的第一页上草草地写了几个看不出是什么的字，然后把书还给了巴兰。巴兰不知道该说些什么或者做些什么，于是决定马上离开。他一拿到书，便冲出书店，拔腿跑回了餐厅。

此时，餐厅老板正站在炉子旁边，准备为坐在餐厅里的两位顾客烤制皮塔饼。他用围裙擦了擦手，接过了巴兰递来的书。

“让我看看他写了些什么。”

餐厅老板艰难地辨认着上面的字，他连认印刷体的字都有些费劲，更不要说这种潦草的手写字迹了。他眯着眼睛，费了好大力气，终于看明白了上面写的是什么。他皱着眉头看向巴兰。

“你干了什么好事？你给自己要了个签名！看，这里写着你的名字‘巴兰’！”

巴兰的脸涨得通红，他也不知道怎么会这样。作家问他叫什么名字，他告诉了作家，但是他根本没有想到作家会把他的名字写在书上。

餐厅老板把这本已经沾满面粉的《湖中怪兽》又塞回了巴兰的手里：“你不能把别人的书搞成这个样子就不管了。去，把它拿回去改一下！”

"我该怎么让作家改呢，老板？我该怎么说才好呢？"

"你怎么能问出这么愚蠢的问题？真是没有脑子！你可以让他把'巴兰'画掉，写上'麦赫迈特'。"

拉伊夫当着餐厅里那两位顾客的面，把巴兰训斥了一顿。巴兰红着脸拿着那本书，以最快的速度冲出了餐厅，沿着几分钟前走过的那条路急速狂奔，只是现在，他感觉自己的脚腕上好像绑着一个五公斤重的沙袋，每一步都迈得异常艰难。老板刚才跟他说，让作家"把'巴兰'画掉"，可是他并不愿意这样做。

巴兰想一路跑回家，他不想去书店，也不想去学校，可是他的妈妈提醒过他："要尊重你的老板！"

那为什么老板不能尊重一下他呢？老板总是当着别人的面呵斥他。

想着想着，巴兰跑到了书店门口。他走进书店，不知道该怎么跟作家解释这件事情。这一回，书店老板哈利尔也坐在了那张桌子后面。

巴兰不好意思地向他们走过去，把那本沾上了面粉的《湖中怪兽》递给作家。他的声音颤抖着说："这本书签错了。"

"签错了？"作家问道，"书怎么会签错呢，孩子？"

"您写的是'巴兰'。"

"你叫什么名字？"

"巴兰。"巴兰答道。

"很好，我没有签错呀。"

"可这本书不是我的，是麦赫迈特的。"

作家笑了起来："要是这样的话，你可以直接告诉我麦赫迈特的名字，孩子。"他看了看好友哈利尔，"嗯……这可怎么办呢？"

"我的老板说，您可以把'巴兰'画掉。"

"你的老板？你的老板是谁？"

一旁的书店老板解释道："他在皮塔饼餐厅打工，他的老板就是皮塔饼餐厅的主厨。"

"那我就把你的名字画掉了，行吗？"

巴兰点了点头，说道："然后，您再写上'麦赫迈特'。"

"好的。不过，麦赫迈特是谁？"

"是我老板的儿子。"

作家下意识地把笔按来按去，发出咔嗒咔嗒的响声。

"你还有别的书吗？"

"没有了。"

作家从放在桌子上的书里选了一本。虽然巴兰只能倒着看那本书的书名，但他还是认清了上面的字——《挖隧道的孩子》。

"这是我最喜欢的一本。我签上名，把它送给你。"

作家一边说一边行动起来，他在书上写上了"送给巴兰"几个字，然后把签错的那本书上的"巴兰"画掉，写上了"麦赫迈特"。

"好了，现在问题都解决了。"作家把两本书一起递给了巴兰。

巴兰一只手拿着他自己的那本书，一只手拿着麦赫迈特的那本书向门口走去。此刻，他脚腕上的那个五公斤重的沙袋已经不见了。

作家目送着巴兰离开书店，然后回过头来看了看好友哈利尔。

"有些人不配被称作'老板'，"他说，"看来皮塔饼餐厅的老板就是这样的人。他派在店里打工的孩子过来要签名，那个孩子和他的儿子一样大，而他甚至都没有对那个孩子说上一句'给你自己要个签名'。当然，被画掉名字的孩子远不止他一个，这也就是文字存在的意义——那些孩子可以沉浸在文字当中。"

尽管哈利尔不停地点着头，但他并没有完全理解作家最后几句话是什么意思。放学后，巴兰立刻开始读起了那本《挖隧道的孩子》，一口气读到了结尾。他好像真的沉浸在了那些文字当中。

第二天早上，人们惊讶地发现，那些写在皮塔饼餐厅的窗户上的字都被画掉了，变成了这个样子：

餐厅老板拉伊夫，专业制作皮塔饼

汤

鸡蛋奶酪肉末皮塔饼

碎肉

拉伊夫走到餐厅门口，看到眼前的一幕，勃然大怒。他骂骂咧咧地掏出钥匙，打开了餐厅的门。这是哪儿来的可恶的疯子，为什么要把这些字都给画掉?！走进餐厅之后，他发现被画掉的远不止窗户上的字。那些他在墙上精心写下的标语现在变成了这个样子：

祝您用餐愉快！

菜单上的字也都画掉了。皮塔饼餐厅里的字全都变成了这样，就连**洗手间**和**洗手池**也不例外。

餐厅老板拉伊夫怒气冲冲地拨通了警察局的电话。有人蓄意破坏餐厅物品，虽然没有任何物品失窃，但是他需要花费一大笔钱才能把餐厅恢复成原来的样子。

警察立刻对案件展开了调查，可是至今都没有人能够破解这桩谜案。书店里，签售会正在举行；餐厅里，物品惨遭破坏。

* * *

电话里的声音停了下来。伊尔哈米握着电话听筒的那只手已经被汗水浸湿了。

"是谁画掉了那些字呢？是巴兰还是那位作家？"

没有任何声音从电话里传出来。伊尔哈米惊讶地发现自己竟然在对着一台机器说话，他觉得既然电话里的声音已经停下来了，那么这个故事应该已经结束了。正好他的胳膊也有些酸了，于是，他把电话听筒放回了原位。

他很喜欢这个故事，故事内容非常精彩，要是他在课堂上讲这个故事，没准儿还能得到一个不错的分数，可是老师会不会提出什么问题呢？她会不会问这本书的作者是谁，书名是什么呢？电话里的声音说这个故事叫作《被画掉的孩子》，不过伊尔哈米想到了一个更好的名字——《文字的复仇》。只有文字才能这样报复皮塔饼餐厅的老板。那位作家和巴兰都无法闯进餐厅，但那些文字是一直都待在那里的。

作者应该叫什么名字呢？

伊尔哈米觉得自己应该想一个外国作家的名字，老师肯定对绝大多数的土耳其作家都了如指掌。也许，他可以说自己忘记了作者的名字。不行，这样他的分数会受到影响，伊尔哈米希望可以用这个故事拿一个满分。

他一边在脑袋里想着这些事情，一边仔细检查着这部电话。电话的四周刻着一些看起来奇奇怪怪的文字，像是中文或日文，这肯定是一部中国产的电话。于是，伊尔哈米决定给故事的作者起一个中文名字。从他看过的那些武侠电影里挑一个名字怎么样？不行，伊尔哈米很快便放弃了这个念头，因为班上的其他同学肯定也听说过那些名字，说不定会有多嘴的同学向老师告密。伊尔哈米弯下腰来，看了看电话的底部，他发现那里有一块亮闪闪的小牌子，上面刻着几个他能够认出来的字——"袁焕集团"，这应该是一个公司的名字。就叫"袁焕"怎么样？这听起来倒很像一个人名，只要把"集团"两个字去掉，这就是一个中国作家的名字了。

走出电话亭的时候，伊尔哈米感觉一身轻松。现在，他已经有了一个故事，还想好了作者的名字。他慢慢地朝小山走去。空气中弥漫着属于九月夜晚的寒意，他却感受到了一种属于春日夜晚的和煦。

晚上，爸爸妈妈下班回到家时，伊尔哈米依然沉浸在春日的愉悦心情之中。

"哦，看来这个周末你没有什么作业要做呀！"爸爸说。

"其实我有作业要做，不过，我已经做完其中一项了。"

"你做完哪一项了？体育作业吗？"爸爸调侃道。

伊尔哈米有些恼怒地看着爸爸说："不是，我已经做完一项了，我已经读完一本书了。"

他一边说一边在心里嘀咕着："读完一本书和听完一本书也没有什么太大的差别……"

听到伊尔哈米这么说，妈妈瞪大了双眼："你？你读了一本书？！如果这是一个梦的话，那么拜托，请不要把我叫醒！"

"这是真的，妈妈，我读了一个很棒的故事，讲的是文字的复仇。"

爸爸低下头说了一句："只要是跟复仇有关的内容，你都会喜欢。"

妈妈对爸爸使了一个眼色，提醒他不要乱说话。她轻轻抚摸着伊尔哈米的头发问："你是从哪儿找来的这本书？"伊尔哈米犹豫了一下，他不能告诉妈妈自己是从公园电话亭里听来的这个故事，要是这么说，妈妈脸上的笑容就会立刻消失。

"我是在地上捡到这本书的，就在之前马戏团搭建帐篷的地方。"

伊尔哈米试着将话题引向了被迫取消的马戏表演。他知道，爸爸肯定会因为已经买好的门票白白打了水漂而抱怨个不停。事情果然如他所料。

"市政府应该负责退钱。"爸爸说。

妈妈打断了他的话："可是，票也不是市政府卖的，马戏表演是由主办方组织的。"

好了，现在已经没有人再关心那本书的事情了。

伊尔哈米不喜欢星期一。为什么周末不能延长至三天甚至四天呢？一周七天的划分方式存在很大的问题。两天休息，五天上学，这样非常不合理；反过来，两天上学，五天休息，那就合理多了。这样一来，学校就会成为一个人人向往的地方。但是，这个周末，伊尔哈米的心情和以往不同，他从来都没有像现在这样期待星期一的到来。他相信，他一定会让所有人都大吃一惊，他要给他们讲一个故事。

星期一早晨，伊尔哈米和祖姆特、卡纳尔一起向学校走去。

卡纳尔说："他们拒绝给我们退钱。我亏了五十元。"

伊尔哈米觉得自己一点损失也没有，正是因为这件事，他才能够省去读书的麻烦，对他来说，这是一个天大的惊喜。三个好朋友一路聊着电脑游戏和其他有趣的事情走到了学校。今天，第三节课才是语文课，可是伊尔哈米已经快要等不及了。

第二节课的课间，他连教室的门都没有出，只是待在那里幻想着自己该如何举手，如何让所有人露出目瞪口呆的表情。上课铃声响了起来，同学们推推搡搡地回到了教室。

卡纳尔走过来，坐到伊尔哈米的身边问道："课间的时候，你没有出去吗？"

伊尔哈米盯着门口回答："没有。"

祖姆特凑到他们两个身边说道:"希望她不会让我们分享自己读的书,我还没有读。"

"我读了,我可以替你们分享。"伊尔哈米低声说。事实上,如果可以选择的话,他只想替祖姆特分享,并不想替卡纳尔分享,因为卡纳尔总是取笑他,而且总是当着祖姆特的面取笑他。

"小女孩擦着了一根火柴,又擦着了第二根火柴,第三根火柴……"卡纳尔又开始取笑伊尔哈米了,他以为伊尔哈米要讲的是《卖火柴的小女孩》的故事。

五分钟过后,老师走进了教室。祖姆特担心的事情发生了,贝琳小姐想要先检查一下自己上周布置的作业。

"周末的时候,谁在家读书了?"

伊尔哈米把手举了起来。卡纳尔和祖姆特随时准备着溜到桌子下面,这样其他同学就不会发现他们在哈哈大笑了,他们以为接下来会听到伊尔哈米分享卖火柴的小女孩冻死在街头的故事。当然,这个故事本身并不好笑,好笑的是,这个故事已经不适合伊尔哈米这个年龄的孩子读了。伊尔哈米很可能会成为全校同学嘲笑的对象。

卡纳尔努力劝说伊尔哈米放下手,他不想让班上的其他同学嘲笑自己的好朋友。坐在后排的祖姆特用力拽了拽伊尔哈米的衬衫，她和卡纳尔的想法一致。但是，伊尔哈米已经下定决心要在课堂上分享自己的故事了。他向旁边跨了一步，摆脱了卡纳尔和祖姆特的干扰，他的手依然高举在空中。

"很好，这位同学读了，你来给大家讲一讲你读的故事吧！"老师说道。

伊尔哈米开始讲起来："我读的故事名字叫作《文字的复仇》。"

卡纳尔和祖姆特目瞪口呆，面面相觑，这和他们预想的完全不同。难道伊尔哈米没有玩电脑游戏，没有看电视，没有上网，而是真的读了一本书?!

这不仅仅出乎他们两个所料，也让班上的其他同学大吃一惊。大家都十分好奇文字是怎样复仇的，同时也想知道伊尔哈米为什么会突然间性情大变。

唯一没有感到惊讶的人是贝琳小姐，因为她对伊尔哈米还没有什么了解。

伊尔哈米讲完整个故事之后，教室里鸦雀无声，同学们全都听得如痴如醉，意犹未尽。伊尔哈米默默地坐了下来，贝琳小姐对他的表现非常满意，她掏出笔记本，在伊尔哈米的名字旁边写上了一个"100"。

"同学们，我希望你们每个人都能和大家分享这么精彩的故事。"贝琳小姐一边说着一边向伊尔哈米的座位旁边走去，"这个有趣的故事是谁写的呢？肯定是一位土耳其作家，故事里的人物都是土耳其语的名字。"她说道。

伊尔哈米打了个冷战，他没有想到这一点。如果这是一位中国作家写的故事，那里面的人物为什么会是土耳其语的名字呢？不过，前几天他在新闻里看到，确实有一些土耳其人生活在中国。

他深吸了一口气说道："不是的，老师，这是一位外国作家写的。"

"哦，这样啊，有时，人们在翻译儿童读物时，会对人物的名字进行适当加工，这样可以方便小读者们理解。那你还记得这个故事的作者叫什么名字吗？"

伊尔哈米倒吸了一口气。那个名字是什么来着？"袁焕"还是"焕袁"？哪个字在前面来着？算了，这不重要，这位作家根本就不存在！

"袁焕，老师，他是一位中国作家。"

"我没有听说过这个名字，不过这是一个非常精彩的故事。"贝琳小姐说。

这是伊尔哈米在学校度过的最愉快的一天，他头一回在语文课上拿到了100分。祖姆特和卡纳尔一直追着他问各种问题。

"你的那本书是哪儿来的？你借的不是《卖火柴的小女孩》吗？"祖姆特问他。

"你们跟我说不能读童话故事，所以我就从家里找了那本书，读了那个故事。"

说到"读"这个字时，伊尔哈米特意加重了语气，想要打消他们的疑虑。

放学铃声响起，三个好朋友结伴回家。在他们快要走到家时，伊尔哈米停下脚步说道："我想去公园里走一走。"

卡纳尔和祖姆特一脸惊讶地互相看了看。他为什么不叫他们两个一起去呢？

"我们和你一起去。"卡纳尔说道。

伊尔哈米不能说"别，你们别跟来"，可他也不能当着他们两个人的面走进那个红色的电话亭。祖姆特可能还会帮他保守秘密，但卡纳尔绝对会把这件事告诉老师。如果让老师知道他并没有读书，只是从那里听来了一个故事，那老师肯定会把笔记本上的那个"100"画掉的。

事实上，还有一件事情也让伊尔哈米有些担心：要是磁带上录的其他故事被祖姆特或卡纳尔抢先听到了怎么办？他们也可以把那些故事当作自己读到的故事，拿到课堂上讲给老师听，那样的话，伊尔哈米就没有故事可讲了。祖姆特和卡纳尔都不像伊尔哈米那样讨厌读书，但伊尔哈米还是不打算让两个好朋友知道自己的这个秘密，想到这一点，伊尔哈米又觉得自己有些太过决绝了。各种各样的念头在他的脑海中萦绕，他在公园里溜达了五分钟就再也坚持不下去了。"我们往回走吧！"他看着祖姆特说道。

"这就回去了吗？"祖姆特问，"我们都还没走到小山呢！"

卡纳尔也不明白伊尔哈米到底是怎么了。肯定是发生什么事了，但是是什么事呢？

他们三个在公园里溜达了一小会儿之后，就各回各家了。伊尔哈米回到家，放下书包，吃了一点零食，十分钟后，他再次打开家门，像一根羽毛一样从楼梯上飘了下来。

溜出公寓楼时，伊尔哈米生怕祖姆特或卡纳尔会从窗口看到自己，可他转念一想，他们两个现在应该不是在吃零食就是在看电视，于是他长舒了一口气。如果他也像他们两个一样待在家里，那他应该也在做这两件事情，但是现在，他有其他事情要做，因为他有一个秘密，一个可以让他在语文课上得到100分的秘密。

他从坐在公园长椅上的两位老奶奶身边经过，朝小山的方向一路小跑。公园管理员正在把修剪下来的树枝和干枯的树叶往麻袋里装。伊尔哈米爬到了山顶，从上面向下眺望，那个红色的电话亭依然立在那里。

公园管理员留意着伊尔哈米要跑去哪里。在上周五的时候，他在这里见过伊尔哈米，但此刻他并没有认出来。他朝伊尔哈米大声喊道："这里没有马戏团了！他们已经搬走了，只留下了一堆垃圾。过几天，市政府会派人把这里清理干净的。"

听了公园管理员的话，伊尔哈米不禁忧心起来。要是市政府把那些东西都清走了怎么办？那他的读书作业该怎么完成呢？他得想个办法出来。那盘磁带上到底录了多少个故事呢？他得赶紧把它们全部听完。就在伊尔哈米加快脚步向山脚下跑去时，一只顽皮的小狗从他的左手边跑了过来，但是伊尔哈米现在没有时间陪它玩了。他打开电话亭的门走了进去，完全没有理会在一旁汪汪叫着、让他陪自己玩耍的小狗，甚至他站在电话亭里冲小狗嚷了一句："闭嘴！"此时此刻，他需要集中精力，仔细聆听电话里的故事。他拿起电话听筒，不出所料，他又一次听到了那个清晰的声音：

"嘿，我有一个故事要讲给你听……"

伊尔哈米深吸了一口气。这会是他上周五听过的那个故事吗？这句开场白是一模一样的。也许磁带上面只录了这一个故事。他怀着紧张的心情，等待着那个声音再次开口。

"这个故事的名字是《挖隧道的孩子》……"

伊尔哈米又深吸了一口气。这是一个全新的故事，可是……他好像听过这个故事的名字。之前那个故事里，作家签好名后送给巴兰的那本书不就叫这个名字吗？这两个故事之间有什么联系吗？他没有时间仔细思考了，电话里的声音已经开始讲起了故事。

挖隧道的孩子

城郊有一座规模很大的监狱，这里的安全管控极其严格。监狱里设有警报系统，建有岗楼，布着带刺铁丝网，铺着防止挖掘的水泥地面，牢房内外均装有摄像头。

警卫在监狱的不同分区间穿行时，需要进行眼球而非指纹识别。监狱设有一个专门的青少年分区，但青少年的眼球和指纹无法通过识别，没有警卫的监督和陪同，任何人都无法出入牢房。

埃斯玛是一名女警卫。这天，她筋疲力尽地回到家中，发现自己上高中二年级的女儿正全神贯注地读着一本书。等女儿上床睡觉后，埃斯玛想要看一看她正在读的是什么书。她一下子就被书的内容吸引住了，等她读到最后一页的时候，天已经快亮了。所幸第二天是她的休息日，她不用上班。

等女儿下午放学回家的时候，埃斯玛对她说："我打算邀请你正在读的那本书的作者到监狱来举办一场活动，你觉得怎么样？我了解到她经常会去各大学校举办活动。"

"妈妈！你不是在学校工作，你是在一个可怕的地方工作！"

"不要说得这么夸张，那里没有那么可怕，我们对那些孩子都很好。你应该很清楚，真正的监狱和电影里的那些是不一样的。"

"尽管你们对那些孩子都很好，但他们从早到晚都被关在那里，还是非常可怕。"

埃斯玛不想再听女儿说下去了，她已经下定决心，要请那位作家和监狱里的孩子们见个面。可是，她怎么才能联系到那位作家呢？就在她绞尽脑汁地思考时，她的手机嘟嘟嘟地响了起来——是一条社交媒体发来的通知。她拿起手机查看通知，突然想到自己可以用这种方式与作家取得联系，那位作家肯定有社交媒体账号。

她在搜索框里输入了那位作家的姓名，不到一秒钟，就找到了作家的账号。她给作家发送了一条长长的信息，然后每隔半个小时，就会去检查一下作家有没有回复她的留言，可是她发送的那条信息一直都处于未读状态。

第二天上班的时候，埃斯玛将这件事报告给了警卫长，警卫长又向监狱长做了汇报，监狱长批准了邀请作家前来举办活动的计划。埃斯玛还是没有收到作家的回复，她暂时没有把这件事告诉孩子们，但她的领导已经迫不及待地把消息散布出去了。

这个消息并没有在孩子们的心中激起任何波澜，他们对读书并不是很感兴趣。他们中的一些人上完小学就辍学了，一些人根本没有念完小学，还有一些人是在上中学的时候离开学校的。虽然监狱会组织读书活动，但这些孩子就算到了图书馆也不会在那里读书，只会叽叽喳喳地聊天，畅想着刑满出狱的日子，或者凝视着院子里的水泥地面发呆。天气很热的时候，他们会碰一碰那些书，但也只是用它们当扇子扇扇风而已。

他们完全不会因为有作家来举办活动而感到激动，他们不喜欢参加这种活动。作家会来给他们讲些什么呢？显然，她会来讲读书是一件多么重要的事情。每周，监狱长都会给他们讲上一遍读书的重要意义，可这一点用也没有……

尽管这些孩子会在那里畅想刑满出狱的日子，但其实，他们当中的一些人根本就不知道自己出狱之后该怎么办。几乎不会有人去看望他们，也不会有人给他们寄钱，就算他们的家人有心想给他们钱，也可能很难拿出钱来。这些孩子还在长个子，他们的裤子会变短，衣服会变紧，但他们没有钱买新衣服穿。监狱会试着通过捐赠来解决这个问题，将人们送来的衣物分发给每个有需要的孩子。孩子们知道，在这里，自己的基本生活需求可以得到满足。他们一心想要出狱，但他们心里也非常清楚，出狱后，自己很快便会流离失所，重陷困境，然而，面对不确定的未来，他们依然盼望着可以离开监狱的那一天。

* * *

这时，一个念头突然在伊尔哈米的脑海中划过，他忍不住说出了声："我猜，他们也是'被画掉的孩子'。"

他暗自笑了一下，嘲笑自己竟然自言自语起来。

电话里的声音继续讲着故事。

* * *

又过了一天，吃完晚饭后，埃斯玛发现自己发出的信息变成了已读状态，而且收到了作家的回复。她把这个好消息告诉了正忙着把脏盘子放进洗碗机的女儿。

"她接受邀请了，还答应会寄一些自己的书过来！"

"她肯定只是对监狱好奇而已。"埃斯玛的女儿反应十分冷淡，"可能她觉得这是一个很难得的机会，可以为接下来要创作的探险故事收集一些素材。"

看到女儿并没有像自己一样心情激动，埃斯玛有些失望，她放下手里的抹布说道："我真的不明白你们这些小孩子是怎么想的！她就不能只是想来为监狱里的孩子们做些事情吗？"

"妈妈，她能做什么事情？难道她能帮他们争取宽大处理，早日逃离监狱？"

"没有人能逃出我们的监狱！"

"我知道，所以她去监狱举办活动才没有任何意义……"

埃斯玛不想丧失信心，于是把女儿赶出了厨房："好了，你该去学习了，剩下的活儿我来干就行了。"她一边继续打扫厨房的卫生，一边还在想着作家来监狱举办活动的事情。

两天后，邮递员把一个小箱子送到了监狱，箱子上写着埃斯玛的名字，里面装的是那位作家寄来的二十本书。即使这是作家本人寄来的包裹，警卫们也需要对它进行必要的安全检查。埃斯玛和一名同事仔仔细细地检查了每一本书。她们把书打开，倒过来摇晃了几下，以防书页中间夹带着东西。没有东西从里面掉出来，这些书看起来没有任何问题。

埃斯玛把书放回了箱子。她扫描了一下眼球，穿过一道门，来到了图书馆，然后让同事把孩子们也带过来。

埃斯玛把书放在桌子上，等孩子们到了之后，她看着他们说道："你们最好能在作家来举办活动之前读一下这些书，那样我们的对谈活动就会更加精彩了，你们可以向她提出问题。三天后，她就会来这里和你们见面了。"

孩子们一人拿起了一本书，但他们只是看了看书的封面，装装样子浏览了几页内容而已，两名警卫则全神贯注地读起了书。快到吃晚饭的时间了，两名警卫带着孩子们离开了图书馆，自此之后，就再也没有人动过这些书了。

作家抵达的那一天，埃斯玛去火车站把她接到了位于城郊的监狱。路上，埃斯玛告诉作家，她需要将随身携带的物品全部留在监狱外面，就连签名的时候要用的笔也不能带进去，他们会为她准备签字笔。于是，作家把手机、书包、以备不时之需的雨伞和口袋里的两支笔都交给了大门口的门卫。进入监狱之前，她经过了三个检查点，过了三次安检。

"这里的安全管控好严格啊！"

埃斯玛早就预料到作家会发出这样的感慨："没错，因为这里的人犯的都是重罪。"

她们走到了装有视网膜识别系统的门前，埃斯玛扫描了一下自己的眼球，带着作家走进了监狱，另一名警卫陪同她们一起穿过走廊。在银灰色墙壁和冷白色灯光的映衬下，长长的走廊笔直地通向前方。"孩子们已经在图书馆里等着您了！"

"我有一个请求，"作家语气温和地说道，"不知道能不能允许我和孩子们单独相处一会儿呢？如果你们在场的话，他们可能会有些拘谨，很难随心所欲地向我提出问题，或者回答我提出的问题。"

一开始，警卫埃斯玛拒绝了作家的请求："那谁来保证您的安全呢？"

作家微微一笑说道："我觉得他们没有伤害我的动机，我没有带钱包，他们也没有什么东西可偷，而且，他们肯定知道，如果再犯下什么罪行，自己的刑期又要延长了。"

他们一行人来到了图书馆的门前，埃斯玛看了看另一名警卫，他觉得把作家和孩子们单独留在这里没有什么问题。

"这儿有摄像头，我觉得我们在走廊里等着就行了。"

于是，两名警卫守在门口，让作家一个人走进了图书馆。

作家踏进了图书馆的门，二十个小脑袋齐刷刷地转向了她。

孩子们的脸上没有任何表情，没有一个人向作家问好。作家也没有和孩子们打招呼，只是缓缓地走到了摆放着那些书的桌子跟前。

"我是来和你们一起挖隧道的。"她把声音压得很低，就像在说悄悄话一样。

有几个孩子笑了起来，但是他们只笑了几声，图书馆里很快又安静了下来。这位作家肯定是疯了，监狱里的孩子们就连吃晚饭的时候都见不到刀，怎么可能在水泥地上挖出一条隧道呢?!只有疯子才会有这样的想法!

"你们真的想要逃离这里吗?"

一个年龄大一点的孩子开口说道:"谁不想呢?"

"那就赶紧选一本书，不一定是我的书。我们来做一个实验，我相信这个实验肯定会成功的。"

孩子们已经不把眼前的这个人当作一位作家了，只觉得她是一个疯子。和一个疯子一起做实验可能会很有意思。于是，几个孩子从桌子上挑了一本书，其他人则从书架上选好了自己感兴趣的书。他们面面相觑，挤眉弄眼，一旁的作家只是装作没有看到。

"有些人会觉得读书的时候，自己仿佛能够看到书中的人物在房间里走来走去，就像电影里那些立体的人物一样……"

几个孩子开始窃窃私语，还有一些则哈哈大笑起来。

作家面无表情地继续说道："这件事反过来讲也是成立的。"

"怎么成立呢？那些人物也会阅读我们的故事吗？"坐在中间的一个孩子问道。

作家点了点头："不止如此，你们不仅会成为被阅读的对象，还会出现在书中人物所在的房间里面。我说的只是比喻意义上的房间，这个'房间'可以是社区，也可以是街道，你们可以到那些人物所在的地方。如果你们读的是一个牧羊人的故事，那他会带你们去到山巅，你们可以摆脱这些水泥围墙，他则可以摆脱孤独；你们也可以出现在被小混混欺负的孩子身边，为他挺身而出，将那些不良少年打败，帮被欺负的孩子取得胜利。"

作家从桌子上拿起一本书，在上面轻轻敲了三下。

"你们肯定在想怎样才能在水泥地上挖出一条隧道，答案就在你们的手中。"

一个孩子看了看自己手中的书，书名是《中东战争》，这是他刚才随手从书架上拿下来的。他可不想卷入一场战争，于是立马把这本书放了回去，重新找了一本《隐形人》。尽管作家所说的不太可能成真，但假如确实如她所言，那他更希望自己出现在"隐形人"的身边，他甚至可以学着从"隐形人"的身边隐形。

"现在把你们的书打开吧！"

全场只有一个孩子对作家所说的话深信不疑，他坐在图书馆铁窗旁的盆栽橡皮树旁边。他手里拿着的书名叫《垃圾广场》。封面上画着的那个小孩长得有些像他的弟弟，所以他挑了这本书。

"不要让视线离开书，专注地读每一行字。"

孩子们坚持读了五分钟，他们中的大多数人都没能做到作家所说的事情。他们觉得自己还留在原地，仍然坐在椅子上，被困在灰色的门后。

"现在，我们来看看你们是不是还待在原地吧！"

一个年龄较大的孩子抱怨道："我们连走廊都没有迈过去！"

"可是，你们当中已经有人离开了。"作家微笑着说道。大家你看看我，我看看你。那个人是谁？他真的离开了吗？难道真的不用挖隧道、不用和警卫斗智斗勇，也不用翻墙就可以从这里逃出去吗？很快，大家便发现，那个人是杰米尔，橡皮树旁边的那把椅子已经空了！

　　"我们要不要再来试一次？"作家问剩下的孩子，"如果他可以逃离这里，那你们也一定可以。"

　　一个孩子结结巴巴地开口了，他的心脏剧烈地跳动着："没问题，我们可以再试一次。不过，怎样才可以一直待在外面呢？"

　　"简单！你们只要一直保持着现在的这种状态就行了。"

坐在下面的十九个孩子已经迫不及待了，他们急切地翻开书，让自己的目光在一行行的文字间穿梭。书中的文字仿佛全部从纸上一跃而下，扇动着翅膀在空中翩翩起舞。

五分钟后，图书馆里已经只剩下作家一个人了。她坐回椅子上，拿起桌上的水壶给自己倒了一杯水，然后举起杯子来抿了几口。

埃斯玛正和另一名警卫在走廊里聊着自家孩子的问题，她在不经意间瞥了一眼监控，一下子就愣住了。她推开门，冲进了图书馆，发现只有作家一个人坐在那里，孩子们都不见了。她赶忙按下警报按钮，从腰间掏出了胡椒喷雾剂："孩子们都去哪儿了？"

另一名警卫也掏出警棍大喊："孩子们都去哪儿了？"

作家平静地回答："他们已经离开了。"

警报声持续响着，十几名警卫闻声冲进了图书馆，但是一个需要带回牢房的孩子都没有见到。

他们把作家抓了起来。

"你们刚才都做了些什么？他们都到哪儿去了？"

作家指着孩子们留下的书说道："我告诉他们可以在书里挖

一条隧道，他们照我说的做了。”

“她是疯了吧！”一名警卫大声喊道。

“她疯没疯不要紧，但是她把那些孩子给搞没影了！”另一名警卫说道，“我们现在该怎么办？我们该怎么解释这件事？没有人会相信我们的。”

“把那些书都收好，”警卫长命令道，“如果那些孩子真的逃到了书里，那他们总会出来的。”

警卫们把椅子上的书全都放到了牢房里的床铺上。现在的问题是，他们该如何处置这位作家呢？监狱长也听到了警报的声音，他站在走廊里，一遍又一遍地问着作家同样的问题。每一次，他得到的都是相同的回答：“他们已经离开了。”

监狱长对警卫们说：“这样我们是没法和上级交代的。把她关到孩子们的牢房里，也许她会恢复理智，给出合理的回答。”

警卫们把作家关进了孩子们的牢房，在门上加了三道锁，然后就到会议室开会去了。

在牢房里等了一会儿之后，作家瞥了一眼放在床上的书，拿起第一个逃出去的孩子杰米尔的书读了起来。还没有读完第八句话，她就从牢房里消失了，来到了书里的那间房子，《垃圾广场》

里的人物费拉特就站在她的身旁。费拉特没有感到丝毫的惊讶，好像早就知道作家可以做到这一点似的。作家轻轻摸了一下费拉特的脑袋，然后穿过破旧的大门，来到了院子里，最后走到了大街上。现在，她也获得了自由。

监狱里的会议结束了，大家没能在会上得出任何结论。监狱长派埃斯玛去牢房里看一看那些孩子有没有回来。不一会儿，埃斯玛又一次按下了警报按钮——作家已经不在牢房里面了，她和那些孩子一样，消失得无影无踪。

＊ ＊ ＊

"你喜欢这个故事吗？"

听到这句话，伊尔哈米砰的一声把电话听筒放回了原位。

电话里的那个声音是问了他一个问题吗，还是这个问题也是提前录好的？这肯定只是录音里面的一句话而已，电话亭里只有一部由一家名叫"袁焕"的中国公司生产的电话，不可能有其他人在场。

伊尔哈米很喜欢这个故事，而且他知道班上的其他同学也会喜欢这个故事。在继续听下一个故事之前，他透过又脏又破的玻璃向电话亭外面张望了一下，发现天已经渐渐黑下来了，他得赶在爸爸妈妈之前回到家里。他要不要明天一早利用上学之前的那段时间来这里听下一个故事呢？"过几天，市政府会派人把这里清理干净的。"伊尔哈米想起了公园管理员刚才说的那番话。再等下去，他可能就听不到剩下的故事了，明天一早，他必须再来这里一趟。

下定决心后，伊尔哈米迈着轻快的脚步走出了电话亭。一阵夹带着寒意的秋风呼啸而来，把他的头发吹得飞舞起来。

附近有两位正在遛狗的女士，其中一位开口问道："你在电话亭里干什么了，待了半个小时？"

半个小时？伊尔哈米觉得自己在里面待的时间远远不止半个小时。监狱、警卫、作家寄来的书、图书馆里发生的神奇事件……这一切都只是在半个小时内出现的吗？他想起了贝琳小姐说过的话："只要你们想，就能让时间变多。"他刚才听的这个故事确实改变了时间。

在对那位正在遛狗的女士说了一句"没什么！"之后，伊尔哈米顶着企图阻挡他前进的秋风跑回了山顶。有那么一会儿，他感觉自己就像一名勇士，刚刚打败了对面的劲敌——风。他举起拳头，在山顶庆祝着自己的胜利。

伊尔哈米回到家，听到有声音从厨房里传来。他懊恼不已，责备自己没能赶在爸爸妈妈之前到家，他们两个已经在厨房里忙着准备晚饭了。

"你上哪儿去了？"妈妈问伊尔哈米。

"我去公园里溜达了一会儿。"

"祖姆特刚才过来了，说你有一本书，叫袁焕什么的，我完全不知道你把它放在哪里了。"

伊尔哈米身上的鸡皮疙瘩都起来了，他可没有书借给祖姆特看。要是她明天早上再开口借这本书，他该说些什么呢？

"不要去公园里瞎转悠了，你没有作业要做吗？"爸爸问道。

"我现在就去做。我不知道你相不相信，但时间是会变多的。"伊尔哈米说。

听到这句话，爸爸笑了起来："好吧，你是听谁这么说的？"

"我是听老师说的。"

伊尔哈米拿出笔记本，把自己听到的故事记了下来，以免忘记。这一回，他没有改动故事的名字，只是在笔记本上写下了"挖隧道的孩子"几个字。

第二天早上，妈妈在出门上班之前把伊尔哈米叫醒，和往常一样提醒了他一句："一定要吃完早饭再去上学！"

现在是早上七点，爸爸妈妈已经出门去上班了，而伊尔哈米只要等到八点再出门就可以保证按时到校，但是今天和往常不同，他没有时间在家里吃早饭了，一分一秒都不能浪费，昨天晚上，他就已经收拾好书包了。伊尔哈米随手抓了几颗榛子和一个苹果塞到午餐袋里，以最快的速度换好衣服，背好书包，然后就匆匆忙忙地跑出了家门。他没有坐电梯，他觉得那还没有自己直接跑下去快，于是他又一次像一根羽毛一样从楼梯上飘了下去。马上就可以听到新的故事了，一想到这里，他便感觉自己身轻如燕。

伊尔哈米来到了公园，现在时间尚早，就连管理员都还没有到岗。他跑上小山，看到那个红色的电话亭依然矗立在原地，看来他完全没有必要担心市政府会安排工人连夜把这片场地清理干净。伊尔哈米往山脚下跑去，有几位女士正在这里晨练，她们看起来不像会缠着他问东问西的样子。

伊尔哈米气喘吁吁地冲到了电话亭门口，走进去，拿起了电话听筒。

"什么事这么着急？"电话里的声音问道。

伊尔哈米下意识地做出了回答："着急听故事，我得在第一节……"

伊尔哈米的话只说了一半，他没有害怕得立刻挂断电话，只是心中一惊。也许这个新故事的名字就是《什么事这么着急？》，对，肯定就是这样，这是一盘提前录好的磁带，磁带是不可能知道他是匆忙赶到这里的。

"下面我要讲的故事叫作《深夜课堂的学生》。"

这么说来，刚才的第一句话就是一个问题！伊尔哈米怎么想也想不明白：这部电话上是装了微型摄像头吗？是有人一边观察着他的一举一动，一边在给他讲故事吗？他现在没有时间再去思考这些问题了，电话里的声音已经开始讲起了故事，伊尔哈米一个字也不想错过。

深夜课堂的学生

"从前有一个小男孩，他和妈妈还有外婆生活在一起，年龄和你差不多大……"

伊尔哈米有些困惑，电话里的那个声音说"年龄和你差不多大"，这个"你"指的就是他自己吗？难道电话那头真的是一个人，而非提前录好的磁带吗？不，这不可能！也许那个声音说"年龄和你差不多大"是因为这段录音就是专门放给小孩子们听的。伊尔哈米成功说服了自己，继续聆听着接下来的故事。

一天，小男孩的外婆生病了，又发烧又咳嗽，身体非常虚弱，连下床走到桌边吃点东西的力气都没有。她到医院之后，医生给她开了七种不同的药，一家人从药店买到了其中六种，没能找到第七种药，可它偏偏就是最重要的那一种。他们走遍了医院附近的九家药店，但得到的回答都是一样的："我们这里没有

这种药。"一家人只得垂头丧气地回到家中，先给外婆吃了买到的那六种药。到了下午，外婆感觉稍微好一些了，于是他们给医生打了一个电话，把情况告诉了他。医生叮嘱一定要找到第七种药，那种药对外婆的身体康复至关重要。

妈妈看了看儿子说道："我真不知道去哪儿能找到那种药，我们已经去所有的药店都找过了。"

这时，儿子想到了在上学路上见到的那个药品仓库，仓库里可能会有药店里没有的药。他把这个想法告诉了妈妈之后，妈妈先看了看表，然后抬头看了看天，天色已经渐渐暗下来了。

"现在那里肯定已经关门了，而且如果仓库里有的话，那药店的工作人员应该会让我们稍等一会儿，他们去把药品取回来。看来，现在哪儿都找不到那种药了，我们可能得托人从国外捎一些回来了。我把这个情况和邻居说了，他的女儿是一名空姐，她可以从国外带一些回来，就是我们得等上几天。"

虽然妈妈这么说，但小男孩还是决定去仓库看一眼："等上学的时候，我去仓库问一下。"

"好吧。"妈妈说。

小男孩上的课都在下午。第二天，他早早地吃了午饭，把处方装到书包里，然后便出门去上学。这一天，天空阴云密布，一路上，他一直祈祷着可以找到第七种药，这样外婆就能尽快康复，妈妈也就不用整日为这件事忧心了。

　　看到仓库的标牌，小男孩加快了脚步。他推开仓库的玻璃门走了进去，掏出处方，把它递给柜台后面的工作人员，指着上面画了一个红叉的第七种药，问道："您这里有这种药吗？"

　　工作人员盯着处方上的潦草字迹看了半天，然后低声说道："我们这里应该有最后一种药。"

　　小男孩激动地高举起了手臂，这样一来，他们就不需要等那名空姐从国外带药回来了。昨天晚上，他听到外婆一直咳嗽，担心得睡不着觉。现在，他们已经买到外婆需要的全部药品了，所有人都可以放下心来了。

　　工作人员从最底下的架子上拿出一个装着粉色胶囊的瓶子，把它放进袋子后，递给了小男孩。"给你。"她说。

　　小男孩把药瓶塞进书包，道了句"谢谢"，转身走出了仓库。天空中的乌云已经散去，太阳开始放出光芒。小男孩有些犹豫，不知道是该现在就把药送回家还是等到放学再说。如果他现在回家，那可能上第一节课就要迟到了，那节课的老师非常严厉，即使他告诉老师自己是因为去帮外婆买药才迟到的，老师也不会相信，于是小男孩决定还是先去上学比较好。

学校里的一节节课、课间休息时做的游戏、体育课上的排球比赛……在上了一下午的课之后，小男孩已经忘记了放在书包里的那瓶药，甚至在放学铃声响起之后，他也没有想起来。准备回家的时候，他欣然接受了朋友的邀请，去公园里打了三局乒乓球。

等他回到家的时候，天已经黑了，他按下门铃，等了一小会儿，门开了。一进家门，他就听到了外婆的咳嗽声，他激动地喊了起来："妈妈，我买到那种药了！"

"那里有那种药？谢天谢地！谢天谢地！"妈妈也非常激动。小男孩把书包从肩膀上摘下来，拉开拉链，伸手进去找那个塑料袋，可是，不知道为什么，他完全没有听到塑料袋发出的那种哗啦哗啦的声音。他的水杯、橡皮、笔记本和课本都在书包里面，只有那瓶药不见了！

"它是半路上从书包里掉出去了吗？"

"不可能，妈妈，拉链一直都是拉上的。"

"那可能是被人偷走了？"

"谁会偷它呢？"

"也是。"妈妈也意识到了自己问的问题非常愚蠢。这时，小男孩回想起来，自己坐在教室里的时候找过卷笔刀，当时他从书包里拿出来一些东西放到课桌的桌斗里面，后来也没有把它们再放回去。对，它肯定还在那里。

"啊，天哪！"妈妈赶忙问道，"你们学校有值夜班的警卫吗？"

"没有。只有白天的时候，有一名保安在校门口那里看守。"

越来越响的咳嗽声从外婆的房间里传来，外婆呻吟着喊妈妈过去。小男孩陷入了深深的自责。他怎么能这么蠢，放学时怎么都不检查一下桌斗里面有没有落下什么东西就回家了呢？要是今天晚上，外婆……小男孩走进厨房，平日里他非常喜欢的扁豆汤现在喝起来就像脏兮兮的洗碗水一样。这时，妈妈也来到厨房，看到了儿子自责的模样，安慰他说："别担心，你可以明天一大早去把它拿回来。"说完，她盛了一碗汤，端着它向外婆的房间走去。小男孩只喝了一点点汤，其他什么东西也没有吃，就像在用饥饿惩罚自己似的，只是这种惩罚丝毫不能让外婆的病情好转，她的房间里又响起了咳嗽声。

十一点左右，妈妈走进小男孩的房间，亲了亲他的额头，和他道了声"晚安"。

妈妈离开后，小男孩脱掉睡衣，换上了出门时穿的毛衣和裤子。他溜到走廊里，现在家里只能听到外婆的呻吟声了。他蹑手蹑脚地来到门口，拿了钥匙，换了鞋，走出了家门。他不想再等到早上了，今天晚上，外婆就有可能……他走下楼梯，公寓楼里的灯时不时地亮起来，仿佛在为他照亮前方的道路，街边的路灯也似乎比平时更亮了一些。突然，路上蹿出了两只流浪狗，一只走在他的右手边，一只走在他的左手边，好像在为他保驾护航。

小男孩和两只狗来到学校外面，他们很轻松地就从墙外翻了进去。现在，小男孩需要谋划如何以最快的速度溜进教室了。他注意到了孤零零地矗立在墙边的那棵无花果树，还好它没有被人砍掉。每一年，学校里的孩子都会长高一些，这棵无花果树也越长越高，树干越长越粗，树枝越长越壮，现在，它已经长到和二楼教室的窗户一般高了。在两只小狗的看护下，小男孩爬上了大树，够到了教室的窗户。他知道这个时候教室的窗户肯定已经关上了，不过他也知道，这扇窗户年久失修，在大风天里，它有时候会自己打开。这扇窗户阻挡不了大风，也就同样阻挡不了他要进去取药的脚步。

他伸出双手轻轻推了推窗户，然后更加用力地推了两下，窗户就打开了，他直接跳了进去。尽管教室里一片漆黑，但这是小男孩自己的教室，所以里面每一样东西的位置他都了如指掌。他扶着一张张课桌往前走，成功找到了电灯开关，咔嗒！明亮的灯光晃得小男孩有些睁不开眼，但他还是一步步朝自己的课桌走去。

那些东西就在那儿，两个笔记本和那个装药的袋子确实落在了桌斗里面。那两个笔记本并不重要，小男孩直接伸手抓过了那个袋子。就在他准备返回窗边的时候，一阵奇怪的铃声响了起来。这个铃声听起来有点像山羊的叫声，但是比那要响亮得多。这只山羊肯定是在唱摇滚歌曲，它的叫声持续不停。难道是火灾报警器响了？可是小男孩既没有看到烟，也没有闻到任何异味……这肯定是其他什么东西发出的响声。

小男孩抑制不住自己的好奇心，转身向门口走去。他把教室里的灯关掉后，楼道里的灯光从门下的缝隙间钻了进来。他竖起耳朵仔细听着，楼道里有其他人的声音，肯定就是他们把楼道里的灯打开的。随着脚步声越来越近，小男孩越发紧张起来。跑步声、笑声、铅笔掉在地上的声音，以及有人问"你看到我的橡皮了吗？"的声音都从门后传了进来。深夜里怎么还会有学生待在学校里呢？

小男孩把教室门打开了一条缝，探出脑袋向楼道里望去。那些人看起来确实像学生，但是他们的打扮都无比奇怪。他们穿着带有白色领子的黑色校服，女生们的头上系着长长的白色丝带，男生们的头发都剪得非常短，他们把橡皮挂在脖子上，兴高采烈地在楼道里跑来跑去，他们的鞋子也有些奇怪，看起来像是塑料做的小靴子。

眼前的画面实在是太奇怪了，小男孩觉得他们可能是在拍电影，拍一个发生在学校里的古老故事……可是，他既没有看到导演，也没有看到摄影师的身影。在观察了一小会儿之后，小男孩决定开口问问那些学生，现在他已经没有那么害怕了。

"你们是谁呀？"

没有人听到小男孩的问题，也可能他们听到了，但是没有人明白是什么意思。也许他们是外国人，听不懂土耳其语，可是刚刚明明有人问："你看到我的橡皮了吗？"他们不可能是外国人，那他们到底是谁呢？

小男孩来到楼道里，现在他已经完全顾不上自己会不会被他们发现了。那群穿着黑色校服的学生全部拥进了楼道尽头的那间教室，小男孩也跟着走了过去。他看到一名学生站在门口，除了穿着那身黑色的校服，他的胳膊上还戴了一个红色的袖标，上面印着"值日生"的字样。

"你是这里的学生吗？"小男孩问他。

尽管他们两个人只有一步之隔，但戴着红袖标的学生还是没有听到他说话。小男孩开始怀疑自己是不是变成了隐形人。他从这名值日生面前走进了教室，发现课桌对面的墙上挂着一块黑板，窄窄的粉笔槽里还放着几根粉笔。这真是太奇怪了，他知道学校教室里用的都是白板，也没有人会用粉笔在白板上面写字。他这是在做梦吗？他给外婆买药的事情也只是在梦里发生的吗？他检查了一下自己的口袋，那瓶药还在里面。他知道自己一时半会儿是解不开这个谜团了，他得赶紧回家，不能再浪费更多的时间了。

他向自己的教室走去，准备从那里离开学校，返回家中。走着走着，他扭头看了看墙上挂着的历史人物画像。他们肯定知道这到底是怎么一回事，他们每天晚上都待在这里。"要是他们能

够开口说话，把事情的真相告诉我就好了。"小男孩心想。这天晚上，似乎所有有生命和没有生命的东西都在为小男孩提供帮助：公寓楼里的灯、街边的路灯、流浪狗……现在又是墙上的画像。旅行家爱维亚·瑟勒比最先开口，其他人也紧随其后，小声加入了讨论。小男孩一边沿着楼道往前走，一边侧耳倾听。

"你知道他们是谁吗？他们是你的'学长''学姐'，是很久以前的学生……他们都真心渴望能够上学，但出于某些原因，没能如愿以偿，所以他们每天夜里都会到这里来上课。"

"他们都没能念完书，其中有些人十五岁的时候就被送去了战场，有些女生很小的时候就被迫嫁人了，还有些人在十二岁的时候就开始打工赚钱……"

"他们就是深夜课堂的学生，每天夜里都会来这里上课。有的时候，你会觉得不想去上学了，可他们正相反，上学就是他们的出路，他们却没有这个机会。他们有什么办法呢？那个时候，他们没能在这里实现自己念书的愿望，他们别无选择。"

小男孩听着画像们说的话。所有的话他都能听明白，可是他无法确定自己到底是不是在做梦。

他回到了自己的教室，从窗口跳到了无花果树的树枝上。那两只流浪狗一步也没有离开，一直在漆黑的夜里默默地等待着。他们三个仿佛乘着风一般，沿着回家的方向跑去。

小男孩轻手轻脚地打开了家门，外婆依然在那里咳嗽。他听到有声音从厨房里传来，于是走进厨房，从口袋里掏出那瓶药，把它递给了妈妈。妈妈立刻明白发生了什么事情，小男孩的行为让她感到十分欣慰。

"下次不许再这样了！这是最后一次！"妈妈的话只说了两句就被从隔壁房间里传来的咳嗽声打断了，她赶紧倒了一杯水，拿着那瓶药朝外婆的房间走去，小男孩也紧随其后。外婆就着水吞下了两粒粉色的药，然后开口问道："你不是把药落在学校了吗？"

"我去学校把药取回来了，外婆！"

外婆露出了微笑，她的脸上立刻有了血色，仿佛那两粒药刚刚下肚就已经见效了。

"外婆，您还记得您告诉过我，您上完小学后就没能继续念书了吗？"

外婆点了点头："他们不让我继续念书了……"

"那您会想念学校生活吗？您有没有梦到过自己回到学校继续念书呢？"

"怎么可能没有梦到过呢？！有时，我会梦到自己脖子上挂着橡皮坐在课桌前面，或者手里拿着一根粉笔站在黑板旁边……然后我就会发现自己手上沾满了粉笔末。看，现在我的手上就有粉笔末。"

外婆举起了自己那双布满皱纹的手。小男孩目瞪口呆地盯着外婆的手指，他伸出手，想要摸摸看那是不是真的粉笔末。他抚摸着外婆的手，清晰地感觉到那些白色的粉末从自己的指尖滑过。

＊＊＊

伊尔哈米觉得这个故事非常精彩，但同时，他的心中也有许多疑惑。

"也就是说，那天夜里，小男孩的外婆变成小孩回到学校去上课了，是吗？"

"这有什么不可能的吗？"

"当然不可能，这个世界上是没有时光机的。"

"但是这个世界上有故事，"电话里的声音说道，"故事可以带你去到任何地方。"

伊尔哈米的脸瞬间变得滚烫，因为他突然意识到自己正在和电话里的那个声音对话。不论你到世界的哪个地方，都不可能找到这么先进的磁带录音。

"你……你是真人吗？"

"我们可以对话，所以说，我应该算是真人。"

"那你是谁？你叫什么名字？"

"我是一个讲故事的人。"

"你是说，你是一名作家？"

"我以前是一名作家，不过现在，我只是一个讲故事的人，只能'讲'故事，我希望你能称我为'故事讲述者'。"

"那么，你现在在哪儿呢？怎么能跟我说话呢？"

"我就在这儿。我的名字叫袁焕。"

伊尔哈米觉得，电话那头的那个人肯定是在取笑自己，因为这个名字是他自己编出来的，它是刻在电话底部铭牌上的公司名称。

"你的名字肯定不叫袁焕，那是我编出来的名字。"

说完，伊尔哈米听到电话听筒里传来了一阵轻快的笑声。

"那你肯定也是一个故事讲述者。"

"不，我讨厌读……"伊尔哈米的话只说了一半，谁会跟一名作家说自己讨厌读书呢？他看了看手表，"哦，不，我上学要迟到了！"

他立刻冲出了电话亭，甚至没有来得及把听筒放回原位。听筒连在线上，垂在半空，像钟摆一样摆动了几下之后便停了下来。几缕阳光透过电话亭的窗户照了进来，洒在金属材质的听筒线上，散发出七彩的光芒。

伊尔哈米飞快地跑着，但这并不是因为他上学快要迟到了，而是因为他想要忘记刚才发生的事情。电话的那头有一个人，而且是一个叫"袁焕"的人，这怎么可能呢？他努力往好的方面去想。现在，他又得到了一个可以拿到课堂上讲的故事，又不用去读书了。尽管发生的事情让人难以理解，但这倒还算是一个不错的收获。

他踏进校园的时候，上课的铃声还没有响起来。卡纳尔和祖姆特正在校园里等着他。

"你变得越来越古怪了。"祖姆特开口说道，"你没有和我们一起来上学，我们去按你家的门铃，你也没有给我们开门。"

"我不在家。"

"你上哪儿去了？"

"我一早就出门去公园里散步了。"

卡纳尔咯咯咯地笑了起来："你逛公园逛上瘾了呀！你都去公园里干什么了？"

"那儿有几只小狗，我去找它们玩了。"

就在这个时候，上课铃声响了起来，卡纳尔和祖姆特也就没有再追问下去。他们三个和其他同学一起向教室跑去。第一节就是贝琳小姐的课，她一如既往地想先请一名同学给大家讲一讲自己读到的故事。

"好了，同学们，谁想跟大家分享一下自己读到的故事？"

贝琳小姐的话音刚刚落下，伊尔哈米就把手举了起来。

"你已经分享过一次了，"贝琳小姐说，"还有其他同学想来分享一下吗？”

没有其他同学举手，而伊尔哈米则把两只手全都举了起来。

“好吧，如果没有其他同学想要分享，那么，伊尔哈米，我们就再听你讲一个故事吧！”

“我能讲两个故事吗，老师？”

祖姆特和卡纳尔面面相觑，伊尔哈米的行为真的非常古怪。他是一个从来都不喜欢读书的人，现在怎么会有这么多的故事要讲呢？他为什么不和他们一起来上学了呢？他那么早去公园又是去做什么了呢？贝琳小姐只想让伊尔哈米讲一个故事，但他坚持要讲两个……

“好吧，那你讲吧，不过要讲得简短一些，给我留一点讲课的时间。”贝琳小姐最终还是妥协了。

伊尔哈米先讲了《挖隧道的孩子》，接着又讲了《深夜课堂的学生》。教室里的所有人都静静地听他讲故事。尽管贝琳小姐提醒过他要讲得简短一些，但在他滔滔不绝地讲故事的时候，她并没有打断。《深夜课堂的学生》这个故事深深地打动了贝琳小姐，因为她的妈妈也是一个真心渴望上学却没有这个机会的人，听着伊尔哈米的讲述，她偷偷地抹了抹眼角的泪水。在两个故事全部讲完之后，班上没有一个同学发出声音，他们似乎还想继续听伊尔哈米讲下去。

贝琳小姐平复了一下自己的情绪，然后开口问道："这两个故事的作者是谁？"

"老师，还是那位作家，袁焕。"伊尔哈米回答。

贝琳小姐拿出笔记本，在伊尔哈米的名字旁边又写上了一个"100"。

"讲得很好，伊尔哈米……同学们，我们应该去查一查这位作家的资料，还可以买几本他的书放到学校的图书馆里面。"说到这儿，贝琳小姐好像突然想到了什么，停顿了一下，然后问道，"伊尔哈米，你说过他是一位中国作家，对吧？"

"对，老师，他是一位中国作家。"

"那故事里的那些学生为什么会穿着带有白色领子的黑色校服呢？那是以前的土耳其学生穿的校服。"

伊尔哈米不知道该怎么解释，不过，他很快便想到老师曾经说过，出版社在出版外国儿童读物的时候，会把里面的外语名改成土耳其语的名字。

他开口回答："可能是出版社对故事情节做了一些调整，

老师。"

"可能吧……也可能以前的中国学生也会穿黑色的校服。"

这时，卡纳尔插话说道："可是，老师，故事里还提到了爱维亚·瑟勒比，他又为什么会出现在故事里呢？"

贝琳小姐刚才没有想到这一点，她看着伊尔哈米问道："卡纳尔说得没错，你确定那位作家的名字叫袁焕吗？"

"确定，老师，他就是一位中国作家。"

"你明天能把那本书带来吗？我很想看看这到底是怎么一回事。"

伊尔哈米打了个冷战，他快要露馅儿了。要是他坦白地说出事实，告诉老师自己讲的这些故事都是从电话里听来的呢……不行，那样的话，全班同学，甚至全校同学都会笑话他的，而且，老师也会把那两个"100"画掉的。他该怎么办呢？他明天不举手讲故事，也许老师就会忘记让他带书的这件事了。要是她主动问起，那他可以说自己忘带了。如果她过后再次问起，他就说家里来了客人，他们的孩子把那本书给撕坏了。对，就这么说，这听起来是一个不错的理由。

放学回家的路上，祖姆特语气坚决地对伊尔哈米说："快点，把那本书拿来给我们看看。"

卡纳尔提醒她说："反正他明天就把那本书带到学校来了，到时我们就都能看到了。"

"我会把它带来的，如果我记得的话。"

"那你千万不要忘了，今天晚上就把它装到书包里。"

伊尔哈米点了点头，可是，他能把什么装到书包里呢，把那个电话亭装到书包里吗？就在他们三个快要走到家的时候，祖姆特提议："我们去公园一趟吧，去那里走走，然后再回家。"

卡纳尔没有提出异议，伊尔哈米也很想去看看电话亭是不是还在那里。他们三个走进公园的大门，向小山上爬去。祖姆特从地上捡起了几片秋日的落叶，掏出自己正在读的那本书，把叶子夹在了书页中间。

"你是在标记自己读到了哪一页吗？"卡纳尔问道。

"不是，这些叶子干了之后很好看，我想把它们收集起来。"

他们三个爬到了山顶。那个红色的电话亭依然矗立在那里，周围是还没有清理完的垃圾。

祖姆特看着剩下的那些垃圾抱怨道："这个地方都成垃圾场了。收废品的人为什么不来把那些垃圾收走呢？"

卡纳尔指着那个电话亭说道："收废品的人肯定会先把那件东西收走的，它那么重，肯定能卖不少钱。"

"我可不想让他们把它收走。"伊尔哈米说，"它看着还挺好的。"

祖姆特和卡纳尔一起哈哈大笑起来。

"如果你那么喜欢那件东西，就把它搬回去放到你的房间里吧！"卡纳尔说。

伊尔哈米一下子来了兴致。对呀，为什么不把它搬回去呢？他之前怎么就没有想到呢？那样的话，他就能一直听到里面的故事了。可是，如果电话里面放的并不是磁带录音，那把它搬回去之后，真的还能听到故事吗？早上，电话里的那个声音和伊尔哈米说了许多话，还回答了他的问题，从那之后，他就不再相信电话里面放的是磁带录音了。

"那你们帮我一下，我把它搬回去。"

伊尔哈米的反应让祖姆特大吃一惊："你真的打算把那件东西放到你的房间里吗？"

"是的，我可以拿它当书架用，或者还可以当衣柜用……"

"别犯傻了！那里面既没有隔板，也没有挂衣服的地方。"

"那无所谓，我可以在里面装上几块隔板。"

"那件东西肯定很重，哥们儿，我们搬不动。"卡纳尔说。

"我们有三个人呢，可以搬得动，累了就歇一会儿再继续搬。我们去试一试吧，走！"

"你爸爸不会生气吗？"祖姆特问道。

"我会说服他的，如果他实在不同意，大不了我们就把它放到公寓楼的地下室去。"

他们三个人走下小山，开始试着把电话亭往回搬。他们首先把电话亭放倒，让它像他们最开始见到时那样平躺在地上，这一步倒是不难完成。接着，伊尔哈米和祖姆特抬起一头，卡纳尔抬起了另一头，他们勉强可以气喘吁吁地往前走三米到五米的距离，但是要搬着这么重的一件东西上山实在有些困难。就在这时，他们突然听到远处传来一声哨响，于是把电话亭放在地上，扭头看向声音传来的方向。

"你们在干什么？把那件东西放下！"

"这件东西不属于任何人，它只是被扔在这里的垃圾而已。"祖姆特争辩道。

公园管理员向他们走了过来："市政府会派人来清理这些东

西的，我都没有让收废品的人把它们收走，这里面又有铅又有铜的，肯定能卖不少钱。"

三个好朋友看了看彼此，眼神中流露出一丝绝望。

"把它搬回去，"公园管理员接着大声嚷道，"这里可不是游乐园！"

他们三个费了好大的劲才终于把电话亭搬了回去。伊尔哈米看着躺在地上的"袁焕"，提议说："我们把它扶起来吧！"

卡纳尔咕哝道："既然它迟早要被送到垃圾场去，那为什么还要把它扶起来呢？放在这里就行了！"

伊尔哈米只得试着自己把电话亭扶起来。祖姆特不愿袖手旁观，走过去帮忙。他们一起把电话亭扶起来之后，祖姆特一时兴起，决定再做一遍自己之前做的那个恶作剧。她走进电话亭，拿起正在空中左右摇摆的电话听筒，把它放到了自己的耳边。伊尔哈米透过玻璃窗注视着她的一举一动，也许……

只见祖姆特点了点头说道："嗯，好的，我们会尽我们所能的。"说完，她便走出了电话亭，电话听筒依然垂在空中。

"你在跟谁说话？"伊尔哈米问道。他假装自己是在说笑，但在内心深处，他其实非常想知道：袁焕会不会和其他人说

话呢?

"我们说了些关于你的事情,他告诉了我你是在哪里找到那些故事的。"

"真的吗?你真的在和电话里的人说话吗?"

祖姆特和卡纳尔一前一后地哈哈大笑起来,伊尔哈米这才意识到自己又上当了。他差点就说漏嘴了,可不能再犯这样的错误了。三个孩子爬上小山,准备往家走。其实,伊尔哈米还想在这里再待一会儿,但他不想引起两个好朋友的怀疑,于是,他决定继续按照昨天的计划行事,先和他们一起回家,十分钟之后再出门返回公园。

走进公寓楼的时候,祖姆特和卡纳尔已经忘记了袁焕的那本书的事情,可能是因为他们肚子饿了,也可能是刚才公园管理员吹的那声哨成功转移了他们的注意力。这倒是遂了伊尔哈米的意,这样他就不用再想借口来搪塞他们了。

回到家后,伊尔哈米放下书包,抓起一块点心塞到嘴里,咕咚咕咚地喝了一大杯水,然后再次换好鞋子,迅速溜出家门,向公园的方向走去。

他从小山的山顶往下走的时候,公园管理员提醒他:"什么东西都不能拿走，听到了吗？"

伊尔哈米点了点头。他不会拿走任何东西，他只是想来听一个故事。他能不能在市政府把"袁焕"清走之前听完所有的故事呢？

伊尔哈米走进电话亭，看到电话听筒依然垂在那里，他有点担心电话会不会坏掉。他把听筒放回了原位，也许电话也可以像电脑一样重新启动。

"别担心，故事是不会消失的。"

伊尔哈米打了个冷战，他还没有把电话听筒拿下来，袁焕就已经开始和他说话了。

"你是怎么做到的？为什么不需要通过电话就可以和我说话？"

"因为我还在这里，电话也还在这里，我可以使用它的电量，但这坚持不了多长时间，电话已经快要没电了。如果你和那个女孩把电话听筒放回了原位，那我还可以给你讲五六个故事，但是现在，我恐怕只能再给你讲两个了。"

"你需要用电，这么说来，你不是真人，可如果你是机器人，那就不会被留在这里……你到底是什么？是磁带录音吗？可如果你是磁带录音的话，那又怎么能够回答我的问题呢？"

"如果你有足够的耐心，那你就可以在最后一个故事——《故事讲述者的故事》里找到这个问题的答案。"

"我很喜欢你讲的故事，我还想听你讲更多的故事。"

"其实，你也可以从书中了解到这些故事，我的声音并不是唯一的渠道。"

"不，不行，我觉得读书是一件非常无聊的事情。"

"你还小，可能还没有找到适合自己读的书，不过只要你坚持寻找下去，肯定会找到的。"

伊尔哈米并不打算这么做，他已经暗暗下定决心：电话亭被清走之后，他就不会再在课堂上举手发言了。

"你准备好听接下来的故事了吗？"

伊尔哈米把电话听筒放到耳边说道："嗯，我准备好了。"

"这是一个关于一位作家和一部电梯的故事，故事的名字叫作《夹层》。"

"这个故事里面也会出现被画掉的孩子吗？"

"被画掉的并不都是孩子，这一次被画掉的应该是一位作家的名字。"

夹 层

　　出版社的老板有一个儿子，有时，这个小男孩会跟着爸爸一起去上班。他可以在办公室里走来走去，编辑们放在办公桌上的文件夹让他觉得无比好奇。他还可以和那里的三只小猫玩上一会儿，再去看看库房里都放着些什么东西。每一次跟着爸爸去上班，小男孩都不会感到无聊。他最喜欢去的地方是美术编辑们的办公室，因为他们可以在屏幕上随意调整人物的胳膊和腿，可以把一棵大树移走，摆上其他东西，可以在瞬间改变物品的颜色，还可以让灌木丛开出美丽的花朵。这真是太有趣了。他们不像在工作，而像在玩拼图。有时，小男孩会梦想自己也可以成为一名美术编辑。

　　一天晚上，小男孩的爸爸说，有一位讨厌的作家第二天要来社里拜访。小男孩不敢相信爸爸用的形容词竟然是"讨厌"，他问爸爸为什么不喜欢那位作家。

"因为她写的都是些奇奇怪怪的东西。"

"什么是'奇奇怪怪的东西'呢？"

"她是一位童书作家，但写的都是一些很奇怪的童书，那些书的内容非常可怕，有时候就连我读了都会觉得害怕。"

小男孩听了之后，一脸惊讶。如果那位作家写的都是一些悬疑故事，那他以前为什么没有读过她的作品呢？他很喜欢看这种悬疑故事。

"我为什么不知道她都写过什么作品呢？"

"因为我从来没有把她的书带回来过。"

"我在你的办公室里也没有见到过。"

"因为我们把她的书都放在平时够不到的地方了，不是在最高层的架子上，就是在其他书的后面。有时，印刷厂送来的成箱的书直接就被堆到库房里面了。所有员工都知道这件事。"

"我不明白，爸爸，如果你不想卖这些书，为什么还要把它们印出来呢？"

"因为我们害怕，"爸爸压低了声音说道，"她有时候会来威胁我们。虽然她的那些威胁听上去都很荒唐，但她也许就像魔术师，我们还是小心为妙。"

听到这里，小男孩已经忍不住想要见一见这位奇怪的作家了："明天我和你一起去上班。"

"你对她产生好奇了，是不是？不过，我不知道她有没有兴趣见你，她只对其他人都不在意的事情感兴趣。"

"什么是其他人都不在意的事情呢？"

"好吧，我给你举个例子。你在坐电梯的时候会去看屏幕上显示的楼层，这样就可以知道现在电梯开到哪层楼了，对吧？你可能还会去照一下电梯里的镜子，整理一下自己的发型，但整理完之后还是会去看一眼屏幕上显示的楼层。"

"是的，所有人都会这么做，否则就有可能会下错楼层。"

"没错，可是，她会盯着地面或者其他人的鞋子、裤子或膝盖看。我不知道她为什么要这样做，也许是想要猜猜那些人都是从哪里来的。有时，她会把手按到镜子上，观察自己的掌纹或指纹。三个月前，和她同乘一趟电梯的保安发现她还会去记电梯的编号。"

"电梯有编号吗？"

小男孩的爸爸笑了起来："我也问了那名保安同样的问题，他告诉我电梯是有编号的。"

小男孩也笑了起来："好吧，可如果这位作家从来不去看电梯开到了哪一层楼，那她肯定会经常下错楼层。"

　　"我觉得她完全不会在意这件事，她可能还会觉得下错楼层是一件非常刺激的事情。"

　　"这太有趣了！"小男孩说，"我一定要去见见她！"

　　小男孩的爸爸有些后悔说起关于这位作家的事情，现在，他的儿子对这位作家充满了好奇，甚至可能还会想把她的书找来读一读。事到如今，他也没有办法拒绝明天带儿子一起去上班了，不过，他转念一想，就算让儿子去见了这位作家，作家也不会和他说什么话，因为她总是沉浸在自己的幻想世界中。

　　作家这次很可能是为了自己一年前就交给出版社的那部书稿而来的，而且她可能还会再次出言威胁。小男孩的爸爸想象着作家这一回打算如何恐吓他们，想着想着，他暗自笑了起来。她可能会威胁将出版社从数字地图上抹掉，或者把办公室里的那三只猫变成无毛猫。

　　她上一次是怎么威胁他们的呢？她说，她会把出版社那幢七层的办公楼变成只有两层楼高。是两层楼还是三层楼来着？算了，不管是几层，她说的那些话都和她写的书一样荒唐。小男孩的爸爸希望她可以用废除自己和出版社签的合同来威胁他们，这样就正合他意了，他已经后悔出版她的作品了。

第二天上午十一点，作家来到了出版社那幢七层的办公楼前，不过，她没有走办公楼的大门，而是选择走逃生梯。小男孩正在办公楼的门口等着，目不转睛地盯着大门，期待着作家的到来，却突然发现她出现在了自己身边，他吓了一大跳，一脸困惑地和作家打了个招呼。

作家朝他点了点头，紧接着便问道："你按了吗？"

小男孩赶紧按下了电梯按钮。

"有的时候，就算你不按，它们也会来的。"作家说道。

"'它们'是谁？"小男孩问。

"当然是电梯了。"

"它们可能有感应装置，就像水龙头一样。"

作家上上下下地打量了小男孩一番。

"嗯，你是个聪明的孩子。你来这个愚蠢的地方做什么？"

"我爸爸是这里的老板，所以我才会到这里来。这不是一个愚蠢的地方，这里出版了许多优秀的图书作品！"

"我明白了，也就是说，你是头儿的儿子。"

这是小男孩第一次听到有人用"头儿"这个词来称呼自己的爸爸。他想拿手机查查这个词到底是什么意思，可是他发现自己刚才把手机落在爸爸的办公室里了。

"我不同意你刚才说的'这里出版了许多优秀的图书作品'。我的书稿还在他们手里，不知道是出于什么原因，他们至今也没有把它出版出来。"

"也许是因为你写的故事不够好。"

"才不是呢，他们对幻想故事一无所知，这就是他们没有出版那部作品的原因，"作家一边说，一边更加仔细地打量着小男孩，"不过，我想他们会了解的，而且很快就会了解的。"她好像已经在心里打定了什么主意。

这时，电梯来了，电梯门缓缓打开。小男孩向旁边迈了一步，请作家先上电梯。他很想知道作家会不会像爸爸说的那样盯着他的鞋子看，于是扭过头朝作家看去。不，她没有看他的鞋子，而是直接迎上了他的目光。

"我很喜欢你，你是一个聪明的孩子，还很有绅士风度，所以我可以告诉你一个秘密。"

小男孩一下子激动起来，心中充满了期待。作家伸出手，把

所有楼层的按钮都摸了一遍，但是一个也没有按下去。

"只要你同时按下最上面三层楼的按钮，就可以通往一个秘密楼层。"

"是一个谁都不知道的楼层吗？就连我爸爸也不知道？"

作家哈哈大笑起来："你爸爸！你爸爸就算能找到秘密楼层，也不会知道自己已经身在秘密楼层了，他太……"

作家的话只说了一半，她可能觉得当着小男孩的面这么说他的爸爸不是很礼貌。小男孩已经猜到作家要怎么形容自己的爸爸了，但他并不在意，因为他现在满脑子都是这幢大楼里有一个秘密楼层的事情。他不知道作家是不是在开玩笑，现在只有一种方法能够验证她说的到底是不是真的。

"那就按一下最后三个按钮吧！"

"哦，不行，我还有事，我现在得赶紧去和我的编辑见面了，人们总是会被夹层绊住手脚。"

作家其实是在说自己最后写的那个故事，她的那部已经在出版社放了一年的书稿就像一个夹层。那是一个聚焦身处困境、无人关注的边缘人物的故事。无论作者还是读者都很少会将目光放到这些边缘人物的身上，所以作家创作了一个故事，想要引起人们对这个问题的重视，但出版社只是将她的书稿束之高阁。

电梯在四楼停了下来。作家在往外走的时候，回过头来看了看小男孩："最上面的三个按钮，同时按！"她又强调了一遍。

小男孩犹豫着要不要下电梯。他是不是应该试一试呢？他觉得爸爸说得没错，这位作家真的很奇怪。

最后，小男孩留在了电梯里。电梯门关上了。小男孩盯着自己的手指，作家的话在他的耳边回响："最上面的三个按钮，同时按！"这确实很荒唐，但这也并不是唯一荒唐的事情，小男孩决定按下去试一试。

他把左手的大拇指和食指分别放在了五楼和六楼的按钮上，把右手的大拇指放在了七楼的按钮上，然后同时按下了这三个按钮。电梯开始运行，他可以听到自己的心在扑通扑通地跳着。电梯真的会像作家说的那样停在秘密楼层吗，还是只会在其中一个楼层停下来呢？

电梯在摇晃了两下之后停了下来，小男孩感觉自己好像往上走了两层半的距离。电梯门自动打开了。小男孩以为自己会看到一堵墙，但是……

＊　＊　＊

刚说完"但是"两个字，电话里的声音就被打断了。伊尔哈米听到有人在敲电话亭的窗户。

"你在那儿干什么呢？"祖姆特正透过那块又脏又破的玻璃看着伊尔哈米。

伊尔哈米立刻挂断了电话："没，没什么！"他从电话亭里走出来的时候，脸已经涨得通红了。

"我已经在这里观察你五分钟了，你一直举着电话听筒站在那里，你是疯了吗？"

"我只是想试试看，我觉得它可能还能用。你怎么会在这儿呢？"

"我从窗口看到你往公园走，于是就跟了过来。你是不是有什么事情瞒着我们？"

"我能有什么事情瞒着你们？我只是随便走一走而已，没有别的事情。"

"你还想把这个电话亭搬回家呢，这部电话肯定有什么特别之处。"

"它能有什么特别之处？它就是一部很普通的电话而已。"

"它是坏的，对吧？"祖姆特指着电话问道。

"对，它是坏的。"

"那好吧，那你继续在这里玩过家家吧，我回家了。"

祖姆特走出去几步之后，又回过头来对伊尔哈米说："对了，我要在明天的语文课上举手发言，你不要再举手了，不要把我的机会给抢走了！"

伊尔哈米点了点头。幸好祖姆特没有继续纠缠下去，他已经迫不及待地想要知道故事里的电梯停在哪里了，可是，没走两步，祖姆特又喊了起来："别忘了明天把那本书带到学校来，别忘了！"

伊尔哈米又点了点头。等祖姆特越过山顶后，伊尔哈米才走进电话亭，把电话听筒重新贴在耳边，电话里的声音继续讲起了故事。

＊＊＊

但是，出现在他眼前的并不是一堵墙，而是一条窄窄的走廊。在他的记忆中，这里没有哪一层楼有这么一条烟灰色的走廊。这会是阁楼吗？他想了一下。不，不可能。他去过阁楼一次，通往那里的唯一通道是一架梯子，而且，阁楼里也没有这样一条走廊。现在，他只有走出电梯，才能知道这到底是哪一层楼。他有些害怕，但同时他也能感觉到一场冒险正在前方等待着自己。他不知道该如何选择。

这样的矛盾心情只持续了一小会儿，探索的欲望便战胜了内心的恐惧。小男孩迈出电梯，一直往前走。他每走一步，那条走廊就会变长一点，仿佛可以感受到他的脚步。

终于，小男孩走到了烟灰色走廊的尽头。

他的面前出现了一片开阔的场地，就像城市里的广场一样，可是，这似乎只是一幅静物画，这里的一切仿佛都被定在了原地，车辆、行人、树叶、云彩和小猫都在那里一动不动。小男孩首先看到的是坐在马路对面人行道上的小孩，他像一个卖手帕的小孩，正一动不动地低头看着自己的鞋子。在距他两米远的地方，有一个卖烤玉米的小贩，其实他根本没法把那些玉米卖出去，因为他正要伸手拿烤架上的玉米就被定在了那里。一位女士正要伸手拿面包，但是她的手停在了空中，就好像她已经这样在那辆卖面包的小车旁边站了好几年似的。一名出租车司机在拿着抹布擦挡风玻璃的时候被定住了，他还皱着眉头，手上却没有任何动作，看起来好像在等人喊出那句："可以动了！"

小男孩向一家咖啡馆走了过去，那里有一名服务员在收拾桌上的杯子时被定在了原地。

椅子上面也坐着一些"木头人",此外,一个小孩在被定住的时候正在吃汉堡包,两名大学生在被定住的时候正站在那里喝咖啡,一位女士在整理发型的时候被定住了,一位男士正一动不动地站在那里盯着自己的手机,就连一只正在翻越咖啡馆院墙的小猫也被定在了空中。就好像有人喊了一句:"一,二,三!"然后大家都变成了木头人。

"嘿,你们都怎么了?"小男孩大声问道,但是没有人做出回应。那只小猫依然定在空中,那个小孩依然看着自己的鞋子,那名服务员依然站在那里,你也说不好他到底是在收杯子,还是在往桌子上摆杯子。

小男孩朝那位正在买面包的女士走了过去,这时,他才发现她的脸上、手上和衣服上还写着字。他又往前走了几步,想要看看上面到底写了些什么。"一个芝麻面包,拿到办公室配茶吃。"虽然有些字看不太清,但是小男孩稍微动了一下脑筋就都猜出来了。他又看了看卖面包的小贩,发现他的脖子、胳膊和手上也写着一些字:"天黑之前,他得赚……冰柜需要……维修人员。"小男孩通过这些断断续续的话,猜出了句子的大概内容。

那只小猫的身上会不会也写着些什么呢？他有些好奇，于是朝定在空中的小猫走了过去。它是一只长毛虎斑猫，身上的字有些已经被蓬松的毛发遮住了。

"它……一块汉堡包，但是……哪怕一小块。"

小男孩同样猜出了这句话的意思。

看来，这座广场和广场上的所有人共同构成了一个故事。弄清楚这一点之后，小男孩低下头往自己的身上看了看，发现自己的裤子上也有一句话。他终于明白了为什么那位作家要盯着人们的脚和膝盖看——她可以看到他们身上的字。小男孩身上的那句话描述的正是他此时此刻的想法。

"他害怕自己无法离开这里。"

这句话进一步加深了他内心的恐惧，但好在他还可以动，还有逃出去的机会。

可是，该怎么逃出去呢？那位作家和他说过这个夹层的事情，这么看来，这应该是她写的一个故事，很有可能就是爸爸没有出版、而且束之高阁的那个故事。现在，他明白那些人为什么都变成木头人了——他们就是那个故事里面的人物，只有在那个故事被印成书出版后，他们才能重新开始活动。

那些人身上的话在小男孩的眼前一句句地划过。他想，要是自己刚才问问那位作家该怎么走出故事就好了。他为什么没有问呢？因为他并不相信作家所说的话。虽然他在听作家说怎么通往夹层的时候心潮澎湃，但他仍然不太相信她。小男孩转过身来看了看，他还能找到刚才下电梯的那个地方吗？他看到了那条烟灰色的走廊，径直走了过去。

在小男孩踏上这段不可思议的秘密楼层探险之旅时，出版社里的事情正在有条不紊地进行着。作家和编辑见了面，但是他们的谈话并没有令人满意的结果，作家的书稿只能继续被束之高阁。

现在是午饭时间了，出版社的老板等着儿子回来和自己一起吃午饭。他掏出手机，给儿子打了个电话，结果对面那张桌子上的手机响了起来，他这才发现儿子把手机落在自己的办公室里了。他走出办公室，请助理帮忙把儿子叫回来。

"他最有可能在美术编辑那屋。"

助理去美术编辑的办公室找了一圈，又把其他楼层都找了个遍，可是哪儿都没见到老板儿子的身影。她每遇到一个人就问一句，但没有一个人在这一个小时里见到过老板的儿子。助理急忙把这个情况报告给了老板。一开始，老板并不是很担心，他觉得儿子肯定就在这幢办公楼里，不会不跟自己说一声就离开大楼的，有可能是在哪里看书看入迷了。老板在办公楼里展开了一场搜寻行动，命令所有的员工一起帮忙找自己的儿子，桌子下面、柜子里面……任何他能钻进去的地方都不能放过。

尽管大家找遍了办公楼里的每一个角落，但小男孩依然不见踪影。现在，小男孩的爸爸开始着急了。

"摄像头！去看看监控录像！"他一边大声喊着，一边向保安室跑去。

他在监控录像里找到了小男孩的影像：将近十一点的时候，小男孩站在一楼的电梯旁边，然后那位作家出现在了画面当中。小男孩的爸爸可以看出，他们两个说了一些话，接着小男孩按下了电梯按钮。他还可以清楚地看到，在等电梯的这段时间里，小男孩和作家还在继续交谈着。电梯到了之后，作家先走了进去，小男孩紧随其后。紧接着，小男孩的爸爸又调出了下一段十一点之后的录像，想要看看小男孩和作家都是在哪层楼下的电梯。作家在四楼下了电梯，但是小男孩没有和她一起出来。不一会儿，电梯门关上了，小男孩一直没有走出电梯。

小男孩的爸爸担心极了，他怕儿子掉到电梯井里，于是亲自跑过去查看，谢天谢地，儿子没有掉到里面。难道儿子就这样凭空消失了？或许只有最后和儿子出现在一起的作家知道这到底是怎么回事，她肯定能够提供一些信息。虽然不能说"肯定就是作家把我的儿子绑架了"，因为监控录像显示她是独自一人离开办公楼的，但是小男孩的爸爸觉得这件事情肯定和她脱不了干系。他拿起手机，给作家打了个电话："我儿子去哪儿了？"

作家没有说话，小男孩的爸爸觉得她更加可疑了，她肯定知道他的儿子去哪儿了，只是选择保持沉默而已。

小男孩的爸爸又问了一遍："我儿子去哪儿了？"

"嗯……我猜他可能是迷路了。"

"我问的是，他去哪儿了？赶快告诉我！"

"他肯定是在夹层……"

"夹层是个什么地方？"

"你还记得我写的那部你瞧不上的书稿吧，那部被你拒绝出版的书稿，它讲的就是关于夹层的故事！"

出版社的老板不想再听作家说这些虚幻的东西了："你先歇会儿吧！我在问你我儿子的事情，你却一直在说自己写的故事！

你把我儿子藏到哪儿去了，快把他交出来！"

"你耐心一点，他是个聪明的孩子，应该能够自己走出来的。"

"我会去报警的。"

"警察能怎么办？你的儿子被困在了故事里面，他有两种方法可以出来，一种是他自己找到出口，一种是你把那个故事出版。"

"你这是在威胁我吗？"

"我不是那种人！记住，我是一个讲故事的人！"

为了能够找到自己的儿子，出版社的老板决定暂时和作家站在同一战线。作家有证据可以证明自己是独自离开办公楼的，所以就算报了警，警察也不能拿她怎么样。

"听我说，"老板对作家说，"我们会尽最大的努力，今天就把那部书稿交给印刷厂。"

他不想再听作家说什么荒唐的话了，趁她还没来得及做出回应，直接挂断了电话。他看了看编辑、一旁的美术编辑、负责印务的员工，以及站在对面的助理，说道："我们今晚加个班，有重要的工作要做！"

所有人都在为那本书的出版加班加点地赶工，与此同时，小男孩正在那条烟灰色走廊的墙上摸索着。

电梯间的门在哪儿呢？走廊的墙上一片空白，没有按钮，也没有门把手……就在他顺着墙壁往前摸的时候，他突然意识到这堵墙非常适合写字。他灵机一动：这个夹层是由文字控制的！他想要逃出去，只能借助文字的帮助。他可以在这里写点什么，但是得先找到写字的工具才行，比如铅笔、粉笔、煤块……他向那座静止的广场跑去，从卖烤玉米的小贩那里拿了一把煤块，往口袋里装了几块，然后立刻冲回了那条烟灰色的走廊，用手中的煤块写下了自己成功出逃的故事。

"他听到一个声音从墙的后方传来——是电梯的声音。"

小男孩一边写，墙壁一边开始摇晃起来，他知道，这就是电梯发出的动静。他写下了末尾的句号，声音也随之停了下来。小男孩喜出望外，他已经找到正确的出逃方法了，只要他继续写下去……他更加用力地握紧了手中的煤块，书写着自己的故事。

"他知道，墙上肯定会出现一扇门。"

他继续往下写着，电梯发出了更多的声响，可是他一旦停下笔，声音就会随之停止。煤块把小男孩的手掌和手指都染成了黑色，但他毫不在意，只顾继续写下去。

"这时，电梯出现在了墙的后面。他看见电梯门向两边打开。"

小男孩刚写完最后一个字，墙上就裂开了一道缝，电梯出现了。他迅速画上句号，然后把手中的煤块扔到一边，跳进了电梯，用已经染黑的手指按下了数字"7"，他爸爸的办公室就在这幢楼的顶层。他紧张得大汗淋漓，伸出手擦了擦额头、脸颊和脖子上的汗水。这真是一段不可思议的经历！他走进了一个故事，需要借助文字的帮助才能出来！

电梯一到七楼，他就立刻冲了出来，一头扎进了爸爸的办公室。他的爸爸正在和美术编辑打电话讨论《夹层》的封面设计问题，看到儿子像挖煤的工人一样浑身黢黑地出现在自己面前，他先是一惊，任由手机从手中滑落，然后从椅子上跳了起来，冲过去抱住了自己的儿子。

"你刚才到哪儿去了？"

“我去夹层了，爸爸。”

小男孩的爸爸将儿子轻轻推开，满脸疑惑地看着他问道："那是哪儿？你看起来像去了一趟煤窑。"

"不是的，爸爸，我走进了一个故事，用煤块给故事写了一个结局，所以脸和手才会变得这么黑。不过，这都不算什么，爸爸，这趟旅程简直太不可思议了！"

小男孩的爸爸并不相信儿子所说的话。这幢大楼里通了天然气，所以很多年以前，煤窑就被拆除了，但是这附近有一幢大楼里面还保留着煤窑，他觉得儿子肯定是去那里了。他捡起掉在地上的手机，给美术编辑打了个电话。

"这本书不印了！我儿子回来了，问题已经解决了。"

* * *

电话里的声音停了下来。

"故事结束了吗？"

"是的，结束了。" 袁焕说道。

"可是，这也太不公平了！"伊尔哈米说，"那夹层里的其他人怎么办？那个卖面包的小贩，那个卖烤玉米的小贩，那名服务员……"

"我也不知道，"电话里的声音说，"也许他们需要写下自己的故事，他们自己的出逃计划……你也听到了，夹层是由文字控制的。"

"我不喜欢这个故事，这太不公平了。"

"我预想到了这一点。"

"那你为什么不在讲故事的时候做一些调整呢？毕竟，这是你讲的故事。"

"因为有些故事就是以悲剧结尾的，我想让你明白这一点。"

天又快要黑下来了，伊尔哈米得赶紧回家了。

"明天上课的时候，你还会把这个故事讲给大家听吗？"

"我不确定，可能不会，因为这是一个不公平的故事。再说，明天该祖姆特讲故事了。"伊尔哈米说完，便迈出电话亭朝小山走去，感觉就像自己正在开开心心地玩游戏时，突然被妈妈叫回了家。

伊尔哈米走进家门的时候，爸爸妈妈都还没有下班回来。他松了一口气，准备拿出笔记本记录一下这个故事的大概内容。《夹层》的故事情节有些复杂，记些笔记可以方便他在课堂上完整地讲出这个故事。明天祖姆特要讲故事，不过，他可以把这个故事留到下次再讲。

伊尔哈米的爸爸妈妈回到家的时候，发现儿子正在笔记本上奋笔疾书，他们感到非常欣慰。这些天，他们的儿子身上真的发生了很大的变化。

晚上，伊尔哈米上床睡觉的时候还在想这些故事有多么精彩。这些故事听得他心潮澎湃，仿佛自己就置身于故事当中。它们还让他感觉浑身充满了力量，好像自己可以改变整个世界……当然，是让世界变得更加美好。

他知道自己的这些改变都要归功于袁焕。

要是那个电话亭被清走了，他该怎么办呢？

他很快就要没有故事可讲了吗？明天一大早，他得去公园再听一个故事。要是今天晚上那部电话就没电了怎么办？要是袁焕没法给他讲最后一个故事怎么办？伊尔哈米只知道那个故事的名字，那是一个很奇怪的名字——《故事讲述者的故事》。伊尔哈米伴着这些胡思乱想进入了梦乡。

第二天早上，爸爸妈妈前脚出门去上班，伊尔哈米后脚就按照计划走出了家门。他冲进公园，奔上小山。公园管理员早早地就到了岗，看到伊尔哈米径直向电话亭跑去，他心想，那个孩子怎么老去那个电话亭呢？市政府应该尽快派人把那堆垃圾清走。他从那儿跑过去，很有可能会踩到生锈的钉子，甚至可能会感染破伤风，但愿这种事情不要发生。

伊尔哈米一走进电话亭，就拿起电话听筒说道："我准备好听故事了！"

他竖起耳朵听着，袁焕开始讲起了故事，但是这一回他的声音已经不像之前那么洪亮了。

"我下面要讲的就是最后一个故事了。"

"我知道，你的声音听起来很虚弱，是因为电池快没电了吗？"

"是，而且……"

"我去找一块电池给你带过来行吗？那样的话，你能再多讲几个故事吗？"

"电量不是唯一的问题。我还想再去找找其他孩子，其他不喜欢读书的孩子，我该去给他们讲故事了。这一回，我要到阿根廷去。"

伊尔哈米突然觉得有些难过，他多么希望自己此刻就身在阿根廷啊！

"我该踏上下一段旅程了，伊尔哈米，再过三个小时，这里的东西就都要被清走了。"

"你说什么？是市政府要派人来了吗？"

"是的，再过三个小时，他们会开一辆卡车过来，这个电话亭、这部电话，以及其他所有的金属物件都会被拉走回收，所以，就算你拿一块电池过来也没有什么用了。"

"你怎么知道再过三个小时他们就要来了呢？他们有没有可能明天才来？"

"我可以监视一切，所以我知道。"

伊尔哈米听得一头雾水。袁焕怎么可能监视一切呢？他能够讲故事，能够回答问题，伊尔哈米听说过有的机器人具备这些功能，但是袁焕还能知道市政府的卡车再过三个小时就要到了，这也太令人难以置信了！

"我知道你现在一头雾水，不过，你可以在最后一个故事里找到所有问题的答案。下面我就要开始讲这个故事了，故事的名字我已经告诉过你了。"

"我准备好了。"伊尔哈米说。

袁焕靠着电话里的最后一点电量，讲起了最后一个故事。

故事讲述者的故事

从前有一位中国作家名叫袁焕，他是一个真正的故事讲述者，脑袋里总是装满了奇妙的故事，他最喜欢讲的是关于真实的人和事的故事。一天，他想要买一台新电脑，因为那台旧的老是死机，而电脑一死机，他的故事就会丢失。其实，袁焕的电脑经常死机正是因为他自己，他患有帕金森病，双手会不住地颤抖，所以经常打错字。他觉得只要买一台新电脑，那么就算自己总是按错键，电脑也不会再死机了。

袁焕随便找了一家电子产品店，用他那双颤抖的手推开了店门。"我想要买一台好用的电脑，"他对上前接待的销售人员说，"要一台不会出问题的电脑。"

销售人员看了看袁焕颤抖的手和左腿，又看了看他的脸："我认识您，先生，您是袁焕，您是我女儿最喜欢的作家。"

袁焕微微一笑，风趣地说道："这么看来，我值得拥有一台最好用的电脑了。"

"我可以向您保证，我会给您选一台非常好用的电脑。"

销售人员没有向袁焕推荐摆在橱窗里或前排货架上的电脑，而是带着他来到了位于店铺最后方的货架前。货架上的那台电脑似乎不同寻常，销售人员对它赞不绝口："这款电脑只生产了五台，您一定要买这一款，这款电脑永远都不会死机，只要世界没有毁灭，它就可以一直顺畅运行。"

袁焕觉得他说得实在是太夸张了，没有什么机器可以一直运行到世界毁灭的那一天。

"你确定吗？我的手会不停地颤抖，我的上一台电脑就是因为这个坏掉的，最开始买那台电脑的时候，销售人员也告诉我它非常耐用。"

"这款电脑绝对不会出现这样的问题。"

袁焕仍然心存疑虑："如果这款电脑这么好，那为什么生产商只生产了五台呢？"

"袁焕先生，千万不要错过这台电脑！他们说，这款电脑可以领会人们的想法。"

"你是说，这是一款人工智能电脑？"

"可能还不止这样……"

尽管销售人员一直在介绍这款电脑的特别之处，但他并没有回答袁焕的问题。为了避免买完之后后悔，袁焕又问了一遍："可是，为什么只生产了五台呢？如果这款电脑这么好，那他们不应该多生产一些吗？"

"他们没法生产那么多，因为这是一款定制电脑，工程师在组装完第五台之后，就在一次火车事故中丧生了。"

听到销售人员这么说，袁焕有一点生气了："你打算卖给我一台组装电脑！"

"组装电脑可比批量生产的电脑要好多了。千万不要错过这一台。我女儿非常喜欢您的作品，我绝对不会卖给您什么劣质产品的。"

最后，袁焕还是选择相信了这名销售人员。他买下了这台电脑，打了一辆出租车返回家中。到家之后，他打开箱子，把新电脑放在书桌上。他想试试看这台电脑到底好不好用，于是费了好大力气，终于用自己那双颤抖的手接好了所有的线，然后他坐在椅子上，按下了电源开关，电脑立刻亮了起来。它的联网速度非常快，屏幕灯光也一点都不刺眼，看起来一切都十分令人满意。

"我再来试试看键盘好不好用吧！"袁焕小声嘟囔道。他开始在这台新电脑上创作第一个故事。他的脑袋里面装满了奇妙的故事，所以一个名为《夜晚的鸽子》的故事很快便出现在了电脑屏幕上。不一会儿，他那双颤抖的手就适应了键盘的手感，眼睛也习惯了电脑屏幕的亮度。这台电脑没有任何问题，即使他按错了许多次键，它也不会像之前那台电脑一样发出异响，用一会儿就变得滚烫，或者每用一个小时就死机一次。那名销售人员跟他说，如果遇到什么问题，就带着电脑去找他，但现在看来，这台电脑确实可以一直用到世界毁灭的那一天。

袁焕非常喜欢这台电脑，从早到晚都坐在它的面前，想要把脑袋里的所有故事都写出来。他的房间里除了键盘的敲击声，什么声音都听不到。就这样，直到第三天的时候，袁焕发现了一件令人惊诧的事情——只要他的脑袋里面想到一个词，还没等他的手碰到键盘，那个词就会自动出现在屏幕上。他觉得是自己太累了，产生了幻觉，于是决定再试验一下，看看到底是不是这样。他试着将屏幕上的一句话又想了一个新说法，然后盯着屏幕，新的句子就出现在了屏幕上，而他一个键也没有碰。

这时，他才开始意识到这确实是一台定制电脑，能买到它实在是太幸运了。这样我就再也不用那么累了。他一边在心里想着，一边向厨房走去，准备给自己沏一杯茶。他用颤抖的双手沏着茶，同时在脑袋里构思着故事的情节。等他端着茶回到房间的时候，发现自己刚才想好的那些情节已经全部显示在了屏幕上。

"你真的非常幸运。"伊尔哈米说道。

"这还没有完，后面还会发生很多事情，非常多的事情……"

尽管袁焕已经发现了这台电脑的超能力，但他仍然用之前的方式写着自己的故事，他已经养成了习惯。这台电脑成了他在家里接触最多的东西，他们两个就这样一直对视着。没错，我说的就是"对视"，因为袁焕知道，这台电脑正监视着他，每一个在他的脑海中划过的想法都会出现在屏幕上。这台电脑甚至还会过滤他的想法。他又做了一个实验，只要他想的是一些愚蠢的情节，这台电脑就不会把它打在屏幕上；他随手胡乱打几个字，电脑也不会显示出来。它不允许屏幕上出现任何一个错误！这台摆在书桌上的电脑就像有自己的意识一样，它正在备份袁焕的全部思想！在意识到自己的思想有了备份之后，袁焕想到了一个主意：他可以好好利用一下这个功能。他已经六十五岁了，又患有帕金森病，还能再写多少本书呢？可能只有两本，最多也就是三本了。

可是，他的脑袋里面还装着好几百个故事，他希望未来可以有更多的孩子听到这些故事。

既然这台电脑将他的思想备份了下来，那它就可以帮他继续讲述新的故事，无论他是否仍然在世！这不就是他能够留给这个世界的最珍贵的礼物吗？只是，新的故事无法出版成书，所以它们只能通过音频的形式让孩子们听到。袁焕打算让这台电脑模拟自己的声音。他下定了决心，对着电脑大声朗读起了自己的作品。在把故事全部储存到硬盘之后，袁焕开始训练电脑模仿自己的发音方式，让电脑按照他的方式发出"a""e""m"之类的音，这样他留下的这台电脑就可以将这些故事一直讲述下去了……

在这样的发音训练进行了一个月之后，袁焕又有了新的想法。他与互联网服务提供商签订了永久协议，这台电脑只要待在他的书桌上，就可以通过网络掌握世界上的各种语言，这样一来，除了中国的孩子之外，土耳其、俄罗斯等其他国家的孩子也可以听到他的故事了，而且，几乎家家户户都有可以联网的设备，手机、电视、冰箱、摄像头，甚至烤箱和烤架都可以直接联网。

袁焕的生命在这台电脑上延续了下去，他可以在孩子们沏茶

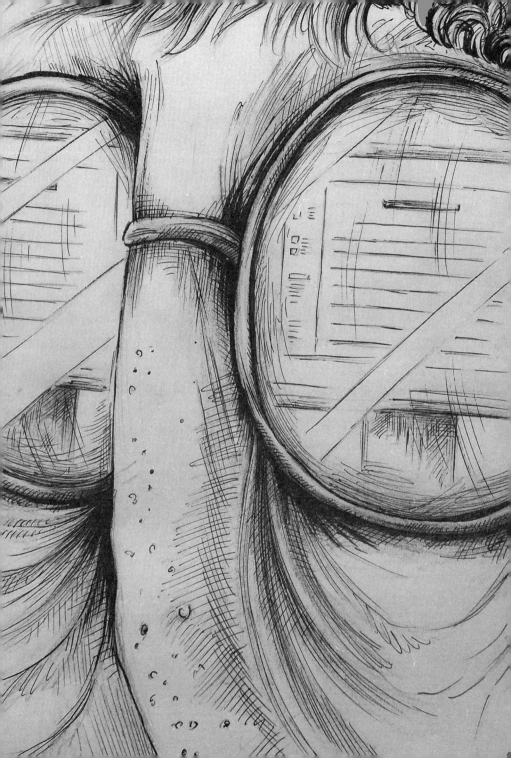

的时候继续通过饮水机给他们讲故事，他也因此而成为永恒。

＊＊＊

"他还在世吗？"伊尔哈米开口问道。

电话里的声音停顿了一下，然后回答："**他还在世，因为他还在给你讲故事。**"

"这我明白，但是我想知道他本人是否还在世。"

"**袁焕是在2015年的时候去世的。**"

伊尔哈米叹了一口气："要是他还能写出更多的故事就好了。"

"**他去世的时候并没有感到悲伤，因为他知道自己的故事会一直延续下去。**"

"那好吧，既然你可以通过网络得知市政府的卡车今天就会过来，那你也可以和我家里的电脑联网，在那里继续给我讲故事。"

"**你还可以通过其他方式走进故事，伊尔哈米。想一想《挖隧道的孩子》那个故事，他们是通过书籍而非电话亭重获自由的。一本好书比任何网络连接都要更加珍贵。**"

"你在讲故事的时候还有所隐瞒。"

"我把所有的事情都讲给你听了。什么事情我没有讲到呢？"

　　"这部电话底部的铭牌上为什么会刻着'袁焕'两个字呢？那不是一个公司的名字吗？"

　　袁焕轻轻地笑了起来。

　　"那是一家网络通信公司的名字，不过，这也和作家袁焕有些关系。有一位中国企业家，他创办了很多家公司，在银行里有很多存款，还有一大群人在他手下为他做事，他唯一需要操心的就是自己那个不喜欢读书的女儿丽恩。一天，我接通了丽恩的手机，开始给她讲故事，一共讲了十五个故事。丽恩非常喜欢听我讲故事，她也因此爱上了读书，即使在我们的连接断开之后，她对读书的热情也没有消减，而且她读的书大部分都是袁焕写的。她的爸爸对此十分感激，想要和袁焕取得联系，这才知道他已经过世了，于是他决定将自己的一家公司命名为'袁焕'，以此来纪念这位作家，就这样，他将自己创立的网络通信公司命名为了'袁焕'。"

　　"这也像是一个故事。"

"每个人都有自己的故事。朝这里走过来的公园管理员、朝垃圾场跑过来的小狗……这座公园里的一切都有着属于自己的故事，这些故事全都无比珍贵。你要对他们充满好奇，在他们给你讲述自己的故事的时候认真聆听，等他们讲完之后，那些故事就会成为你生命中的一部分。袁焕将自己的思想交予了我，他不仅仅是想要把这些故事继续讲述下去，还想要了解这个世界的故事会如何画上句号，因为这个世界的故事才是那个终极的故事，才是那个会一直延续下去的故事。"

"我没太听明白。"伊尔哈米说。

"你总有一天会明白的，现在，你只要把我的这些话记住就行。哦，顺便说一句，你再不赶紧跑，就赶不上第一节课了。"

伊尔哈米匆忙走出电话亭，拔腿向小山上跑去。他赶到学校的时候，上课的铃声已经响过了，操场上一个人也没有了，不过幸运的是他成功地赶在老师之前进了教室。祖姆特的脸上写满了不悦："你今天也没有和我们一起来上学。"

"我去公园里走了走。"

"他肯定是在公园里找到什么好东西了。"卡纳尔说，"你是找到魔术师的魔术帽了，还是找到其他什么好东西了？"

伊尔哈米没有作答。有时，面对这种讥讽的言语，还是保持沉默为好。

贝琳小姐走进教室的时候，祖姆特贴到伊尔哈米的耳边对他说："今天你不要再举手了，该让我来讲一个故事了，听到了吗？"

伊尔哈米点了点头。

贝琳小姐一如既往地问出了那个问题："好了，同学们，有没有人想要跟我们分享一下自己读到的故事？"

伊尔哈米怕自己忍不住举起手来，干脆把两只手夹在了两腿之间。祖姆特把手举了起来。

"你来讲一讲吧，祖姆特。"

祖姆特讲起了自己读到的故事，但是，可能是因为她讲得不太好，也可能是因为故事本身情节太过复杂，大家都不喜欢听她讲的这个故事。坐在墙边的一名同学说道："还是伊尔哈米讲得好。"

听到这句话，老师又想起了那本书的事情："伊尔哈米，你把书带过来了吗？"

伊尔哈米站起来回答老师的提问时，脸已经涨得通红了："没有，老师，昨天家里有客人来，他们的女儿把那本书给撕坏了。"

卡纳尔小声嘟囔起来："他们的女儿是一只狗吗？不然怎么会发生这种事情呢？她竟然把书给撕了！"

"哦，那真是太可惜了！"贝琳小姐感叹道。

"是啊。"伊尔哈米说完便直接坐了下来。

看到大家都不喜欢自己讲的故事，祖姆特心情很糟糕，她带着心中的怨气凑到伊尔哈米的耳边说道："你在说谎！昨天根本就没有客人去你家里！"

伊尔哈米看了她一眼说："你怎么知道？你又没住在我家！"

"我就是知道，我奶奶从早到晚都站在窗边观察路上的行人，一有人走进楼门，她就会来告诉我们。"

"好吧，昨天到家里来的客人是住在楼上的邻居。"

"你又说谎！"祖姆特嚷道，"那家人只有一个十五岁的女儿，她根本不是会撕书的年龄。"

伊尔哈米没有再和祖姆特争论下去。贝琳小姐已经开始讲课了，他努力把注意力放在了课堂上。

下课铃响的时候，贝琳小姐对伊尔哈米说："你先别走，伊尔哈米，我有几句话想和你说。"

其他同学都一窝蜂地向操场或食堂跑去，等大家都离开教室之后，贝琳小姐关上了教室的门。

她站在伊尔哈米的座位旁边，看着他说道："根本就没有这么一本书，对不对，伊尔哈米？也没有这么一位作家……"

伊尔哈米低下了头。他该说些什么呢？不对，真的有这么一位作家！他把自己的思想传给了一台电脑，这台电脑会给不喜欢读书的孩子讲故事……算了，他觉得自己还是保持沉默比较好。他的眼睛直勾勾地盯着地上的纸、不知道是谁掉在那里的粉色发圈，以及被风吹进来的杨树叶，现在的每一分每一秒对他来说都是一种煎熬。

"那些故事是你从哪儿听来的？是你自己编出来的吗？"

伊尔哈米仍然没有说话。

"如果真是这样的话，你编得很棒，伊尔哈米，你可以继续去构思出更多更好的故事，不过你不需要对大家说谎，知道了吗？"

听到老师批评自己说谎，伊尔哈米觉得有些难堪，他该怎样摆脱这种尴尬的处境呢?

"我……我没有编故事,我可能是把作者的名字记错了。"

"那也有可能。"贝琳小姐语气温和地说道。说完,她就默默地走出了教室。接下来的课间休息时间,伊尔哈米一直坐在自己的座位上。

放学铃响之后,三个好朋友一起往家里走去。

"你只想留着那本书自己看,甚至都不愿意给我们两个看一眼!"祖姆特说。

"不是这样的,,我没有不愿意。"

"那你为什么不把它拿出来呢?"

卡纳尔大声笑了起来:"因为客人家的狗把它给撕坏了!"

"是客人的女儿。"伊尔哈米纠正道。

"你是在模仿歌手阿莱娜·蒂尔基吗?"卡纳尔脱口而出。紧接着,他就装作手里拿着话筒的样子唱了起来。

你就像客人的女儿,

走近,离去,留下一片狼藉。

我曾亲吻你的气息,

我曾写下你的故事，我曾把你放在心里。

祖姆特笑得眼泪都流出来了，伊尔哈米有些沮丧，他就没法让祖姆特这样开怀大笑。他知道自己有些忌妒卡纳尔，在这种忌妒心的驱使下，他已经不想再对他们保密了。这一刻，他决定告诉他们事情的真相。他的这段经历那么不同寻常，肯定能让祖姆特对他刮目相看！

"我不是从书里读到的那些故事，"他大声说道，"我是从电话亭的电话里听来的！"

卡纳尔假装举在手里的话筒掉到了地上，甚至微微溅起了地上的尘土。祖姆特那双绿色的眼睛一下子亮了起来。伊尔哈米也说不好两个好朋友到底相不相信自己说的话，但毫无疑问的是，他们大为震惊。伊尔哈米终于把这个秘密说出来了，他长长地舒了一口气。

"跟我来。"他一边对两个好朋友说，一边跑了起来。他得带他们去看一看袁焕是如何跟自己说话，给自己讲故事的。也许现在跑过去，时间还来得及。市政府派来的工人可能会偷懒，或者晚到一会儿，他们的卡车可能会在路上出故障，或者卡车司机可能临时有其他事情要忙。

伊尔哈米在前面跑啊跑，两个好朋友奋力在后面追啊追。伊尔哈米第一个跑到了小山的山顶，第二名是祖姆特，最后是卡纳尔，可是他们现在已经不需要再往山脚下跑了，那里已经什么都没有了。

伊尔哈米喘着粗气说："他们把那些东西全都清走了！"

"你不要骗我们，"卡纳尔开口说道，"那部电话连电话线都没有接！"

"它连接了网络。"伊尔哈米说。

"怎么可能呢？联网是需要用电的，它也没有接电源。"

"它有电池，那部电话是用电池供电的。"

"不要再胡说八道了，"卡纳尔说，"这些都是你编出来的！"

祖姆特推了一下卡纳尔的肩膀说道："这不是他编的，我看见过他站在电话亭里听电话那头的人说话。他说的肯定都是真的，他根本就没有什么书。"

祖姆特的这一推深深地伤害了卡纳尔。"她怎么能不相信我呢？"卡纳尔非常难过，他抛下他们两个人，独自往家里走去。伊尔哈米坐在地上，望着那片空空的场地。他十分想念袁焕，不是因为袁焕给他带来的好成绩，而是因为他真的很喜欢袁焕和他的故事。尽管伊尔哈米不能完全理解电话里的那个声音跟他说的所有的话，但他能够感觉到来自对方的关心。他看了看仍然站在自己身边的祖姆特说："你也先走吧！"

祖姆特能够看出来伊尔哈米此刻有多么难过。

"你想去打听一下那个电话亭被送到哪里去了吗？也许我们可以把它找回来。"

"不用了，他已经给我讲完了最后一个故事，那是他自己的故事。他该去找其他孩子了。他告诉过我，接下来他要去阿根廷。"

祖姆特完全理解不了伊尔哈米说的这些话。一个电话亭怎么能到阿根廷去呢？它也要像人一样买张机票飞过去吗？她在脑海中想象着一个会走路的电话亭，然后哈哈大笑起来。伊尔哈米看了看她，他终于把她逗笑了，但显然她是在嘲笑自己。

"我说过了，你先走吧！"

祖姆特看出了好朋友想要自己待一会儿，于是她也往家里走去。

伊尔哈米又独自在那里坐了一会儿，他突然意识到自己并非孤身一人，那些故事依然陪着自己，而且会永远陪着自己，就像袁焕说的那样："一本好书比任何网络连接都要更加珍贵。"

伊尔哈米站起身来，伸出手掸了掸裤子上的土。这时，他听到公园管理员在喊自己："嘿，小朋友，这儿是不是没什么可玩的了？"

伊尔哈米点了点头。公园管理员朝他身边走了过来，从口袋里掏出一本书说道："今天我帮市政府派来的工人一起清理场地，我在那儿发现了这本书，你正在上学，也许可以用得上，就送给你吧！"

袁焕

永恒的

故事讲述者

伊尔哈米看了看公园管理员递过来的书。这本书淋过雨，后来又晾干了，所以看起来有一些破旧。

"它有点脏了，你可以把它擦干净。"

伊尔哈米接过了书，书的封面上写着"永恒的故事讲述者"几个大字，不过最令他感到惊讶的是，这本书的作者名叫——袁焕。

伊尔哈米焦急地翻开了书，完全没有去管这本书脏不脏、旧

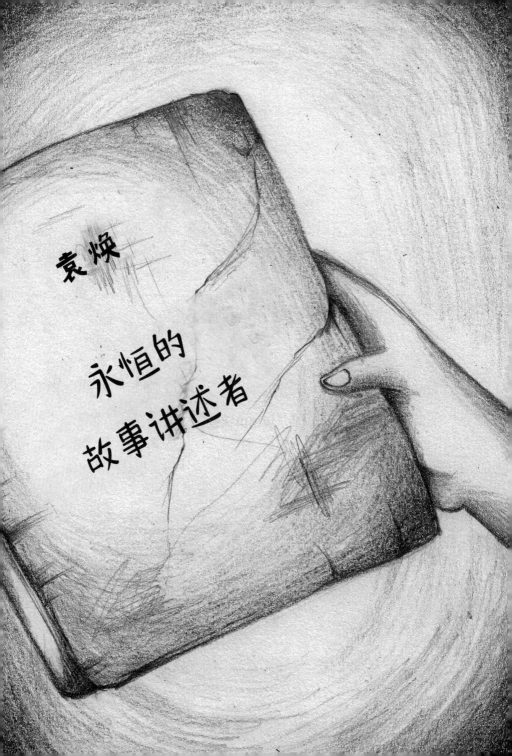

袁焕

永恒的
故事讲述者

不旧。他翻到了目录页。天哪！这里列着的就是他在电话亭里听到的那些故事：

被画掉的孩子

挖隧道的孩子

深夜课堂的学生

夹层

故事讲述者的故事

袁焕在离开之前又帮了伊尔哈米一个忙，这本书可以用来证明他没有对老师说谎。此刻，袁焕肯定已经在其他地方帮助其他孩子，给他们讲故事了，可能是在电话亭里，也可能是在监狱、图书馆或教室里……伊尔哈米对公园管理员说了句"谢谢"，然后向家的方向跑去。

他跑到楼门口的时候，发现祖姆特正站在三楼的窗口往下看。他把手里的书举了起来，但很快又放了下来。他该怎么把这一切解释清楚呢？半个小时前，他刚刚跟祖姆特和卡纳尔说自己是从电话里听来的故事，现在他该怎么告诉他们自己是从书里读到的呢？他走进了公寓楼，楼里的电梯坏了，只能爬楼梯上去。快要爬到三楼的时候，他听到了嘎吱一声响，是祖姆特家的门发出的声音。他是不是应该立刻转身下楼呢？不行，祖姆特已经站在楼道里了，她正倚在栏杆上盯着伊尔哈米。

"你手里拿的是什么？"

"没什么！"

"别藏了！是一本书，给我看看。"

伊尔哈米想把书藏到身后，但现在他只得把它递给祖姆特。

祖姆特看了看封面上印着的作者名，又打开书翻了几页。

"你不是说那些故事是你从电话亭的联网电话里听来的吗？"

"那是我开玩笑的。"

"这一点都不好笑，我说过，你只想留着这本书自己看，而且还想骗我们。看看你藏着掖着的这个宝贝，就跟刚从垃圾堆里捡出来的似的！"

"但是这里面的故事非常精彩！"伊尔哈米把书从祖姆特的手里夺了回来。他继续向上爬着楼梯，一点都没有感觉到累。他脚步轻快，心情愉悦，仿佛他怀里搂着的不只是一本书，更是他的一个好朋友！